MW01591963

DESVENTURAS
EN EL PAIS-JARDIN-DE-INFANTES

A ver si andando nos llevamos bien

Mendal

1996

MARIA ELENA WALSH

DESVENTURAS
EN EL PAIS-JARDIN-DE-INFANTES

Seix Barral

Diseño de cubierta: Carolina Schavelzon
Diseño de interior: Osvaldo Gallese

© 1993 y 1995, María Elena Walsh

Derechos exclusivos de edición en castellano
reservados para todo el mundo:
© 1995, Compañía Editora Espasa Calpe Argentina S.A. / Seix Barral
Independencia 1668, Buenos Aires

Primera edición en Seix Barral: diciembre de 1995
Hecho el depósito que prevé la ley 11.723
ISBN 950-731-135-1

Impreso en la Argentina

MIS EDITORES ME PIDEN que añada un comentario a esta colección, me encargan un trabajo fastidioso como retroceder en ojotas. Esto suele llamarse prólogo. Me piden que le aclare al lector, entre otras cosas, el ordenamiento de estos artículos.

Empecemos entonces por informar que los papeles tienen voluntad propia, o que un extraño viento los ordena y desordena en el vaivén de los años. Estos textos se organizaron así, en una sucesión sobresaltada. El libro empieza y termina por voluntad del respetable público, que atendió con desmesurado entusiasmo los artículos que abren y cierran el volumen. Otros se quisieron juntar con ellos, porque eran contemporáneos. En el medio, hay una suerte de alineamiento cronológico. Todo esto significa que el lector puede empezar a leer por donde le guste, incluido de atrás para adelante. Lo único que tiene derecho a saber es que ésta es una serie de artículos periodísticos pergeñados por alguien que respeta tanto como desconoce las reglas del oficio, por ejemplo la rapidez, aunque algunas veces debió adoptarla porque las papas quemaban y la obligación era enteramente interior y no sugerida por jefes de redacción: había que sacarlas del fuego o atizar las llamas. Eso sucedió con "Desventuras en el País-Jardín-de-Infantes", cuando la asfixia por la censura paradójicamente me impedía seguir callando. Fernando Alonso, director del suplemento Cultura y Nación del diario *Clarín*, se sumó a la patriada y se abstuvo de corregir una sola coma. El artículo suscitó un escándalo de euforia y adhesiones, se agotó la edición del periódico, circularon fotocopias por el amplio circuito occidental de exiliados, contribuyó a aliviar la presión oficial y, lo que es más extraño, hasta ahora es reproducido total o parcialmente en otros medios. Harta de fotocopias, llegué a editar con él un opúsculo destinado a amigos, adherentes y desconocidos. No sufrí represalias del poder, salvo la inmediata prohibición de aparecer en salas oficiales o emisoras de TV, todas en manos del Estado omnipresente, omnipotente y omnisciente.

Parecida repercusión tuvo años más tarde "La Pena de Muerte", terminado de pergeñar una noche, y que un motociclista llevó a la redacción para publicar al día siguiente, esta vez como respuesta a las declaraciones de un Presidente de la República constitucional. El diario lo publicó después en forma de póster para obsequiarlo, en medio de un tumulto, en la Feria del Libro de 1992.

Estas dos notas me distrajeron de la noción de que el género es esencialmente efímero, experiencia tan inesperada como insólita. Pero hubo otro texto cuya redacción debí acometer en circunstancias exóticas, y es el de la "Carta a Mozart". Me llevó una semana de trabajo, solitaria en mi casa. Y el espíritu travieso respondió a la invocación realizando una serie de pillerías como jamás había soportado. Perdí definitivamente el primer borrador, y después de revolver toda la casa lo encontré autosumergido detrás de una pila de libros. Alguien me arrebataba de la mano un objeto acarreado tan lejos como de un cuarto a otro. Cosas volátiles aparecieron en el suelo, llevadas por corrientes de aire inexistentes. Noche tras noche, una alfombrita de luz sobre el piso de la cocina. Y por fin, una tarde, escuché voces en la casa y ya el susto fue *in crescendo*. Había empezado a funcionar una radio en desuso, con las pilas sulfatadas. Volví a apagarla, pero las voces seguían, esta vez procedentes de otra radio encendida mágicamente. El duende tumbó almohadones y arrojó papelitos, se ensañó en la desaparición de aspirinas y extrajo anteojos del estuche. No creo en aparecidos, sí quizás en algunos duendes como el *Pombero,* la *Banshee* o el *Troll,* y ahora el *Mozartín*. Cuando pude terminar la carta, también terminaron las bromas. El fantasma no llegó a decirme qué le pareció, aunque quizá su último mensaje consistiera en que cada vez que volvía a escuchar su música, el real encantamiento se agigantaba.

Los "Apuntes juveniles" no necesitarían más aclaración que este subtítulo y las correspondientes y tempranas fechas. A mis quince años, una compañera de Bellas Artes me introdujo en el sagrado recinto de la Editorial Haynes, un templo con torre en una esquina de la calle Río de Janeiro, donde se editaban el diario *El Mundo* y revistas muy populares, como *Mundo Argentino* y *El Hogar,* cuyas páginas albergaban fotos de las fiestas de la alta sociedad y colaboraciones literarias nada frívolas (ver los *Textos cautivos* de Jorge Luis Borges). Allí publiqué mis primeros engendros en verso, a los que dedicaban una página entera, ilustrada, y más tarde notas de mi viaje a Estados Unidos, invitada por Juan Ramón Jiménez. Estas notas sufrían múltiples limitaciones, inexperiencia propia de la edad y pacatería propia de la época: las confesiones irreverentes son asunto bastante moderno. Por ser estudiante de Bellas Artes me fascinó el descubrimiento de los tesoros que abundaban en esos pagos, y también por esa razón me atreví a visitar a Salvador Dalí, un personaje imposible de conocer sino mediante la recomendación de don Juan Ramón, quien, dicho sea de paso, me llevó a visitar al no menos legendario Ezra Pound.

Publicar, mejor dicho, llevar un poema o una nota a *El Hogar* configuraba un rito. Ser admitida en un recinto silencioso, respirar el incienso del olor a papel y tinta, esperar en una salita la aparición del encantador padrino literario, don Augusto González Castro, ser presentada alguna vez a exquisitos escritores como Diego Newbery, Lisa Lenson, a quien todos amamos después con su verdadero nombre de Luisa Mercedes Levinson, a poetas célebres como Horacio Rega Molina, María Granata o González Carbalho. El padrino aprobaba, corregía, sugería y filosofaba, imperturbables su sonrisa y su afecto paternal. El ámbito era solemne; la visita a la Editorial Haynes, una ceremonia cuyas emociones empezaban a manifestarse trémulamente en el viaje en tren y subterráneo, y en la lenta caminata por el barrio plácido hasta subir los escalones impregnados del sacrosanto olor a imprenta.

Publicar en *El Hogar* significaba pagar un derecho de piso, rendir examen para acceder a otras imponentes redacciones, por ejemplo la del Suplemento Literario de *La Nación,* donde el padrino ya no era tan afable, sino un melancólico Eduardo Mallea, hombre de pocas palabras pero de secreta calidez, con quien compartía largos silencios en que él miraba el horizonte, con un dedo en la frente, mientras pasaba un ángel y otro ángel y al fin me despedía bañada en los sudores de la timidez. Me es difícil referirme a Mallea sin mencionar por milésima vez su generosidad, su calidad humana, su genio literario y su ética, que es oportuno recordar en estos días: fue histórico su gesto de devolver los viáticos tras su desempeño como embajador en la UNESCO, en París.

Este libro se edita por sugerencia de Ilse Luraschi y Kay Sibbald, quienes me recomendaron incluir *todo, porque todo de alguna manera es historia,* y obedezco, y sólo excluí unas minucias publicadas en la década del 60. Hay mucho más, naturalmente, que quedó en agua de borrajas, papeles empezados y garabateados, que no llegaron a ser impresos porque con el correr de los días perdían actualidad, cosa que sucede cuando se incurre en la tarea periodística sin tener el don de la oportunidad. Es decir, cuando se vive con una carencia que en francés se llama *l'esprit de l'escalier:* recordar tardíamente en la escalera lo que debió decirse a tiempo en la reunión.

Viven muchas personas en este libro, y mencionarlas no fue asunto de *oportunidad,* ya que su trascendencia es innegable aunque hoy parezcan olvidadas. Si su presencia en estas páginas sirviera para rememorarlas de algún modo, no habrá sido en vano añadir más papel impreso a este abarrotado mundo.

M.E.W.

Los años de plomo

Desventuras
en el País-Jardín-de-Infantes

Si ALGUIEN QUISIERA recitar el clásico "Como amado en el amante / uno en otro residía..." por los medios de difusión del País-Jardín, el celador de turno se lo prohibiría, espantado de la palabra *amante,* mucho más en tan ambiguo sentido.

Imposible alegar que esos versos los escribió el insospechable San Juan de la Cruz y se refieren a Personas de la Santísima Trinidad. Primero, porque el celador no suele tener cara (ni ceca). Segundo, porque el celador no repara en contextos ni significados. Tercero, porque veta palabras a la bartola, conceptos al tuntún y autores porque están en capilla.

Atenuante: como el celador suele ser flexible con el material importado, quizá dejara pasar "por esa única vez" los sublimes versos porque son de un poeta español.

Agravante: en ese caso los vetaría sólo por ser poesía, cosa muy tranquilizadora.

El celador, a quien en adelante llamaremos censor para abreviar, suele mantenerse en el anonimato, salvo un famoso calificador de cine jubilado que alcanzó envidiable grado de notoriedad y adhesión popular.

El censor no exhibe documentos ni obras como exhibimos todos a cada paso. Suele ignorarse su currículum y en qué necrópolis se doctoró. Sólo sabemos, por tradición oral, que fue capaz de incinerar *La historia del cubismo* o las *Memorias de* (Groucho) *Marx.* Que su cultura puede ser ancha y ajena como para recordar que Stendhal escribió dos novelas: *El rojo* y *El negro,* y que ambas son sospechosas es dato folklórico y nos resultaría temerario atribuírselo.

Tampoco sabemos, salvo excepciones, si trabaja a sueldo, por vocación, porque la vida lo engañó o por mandato de Satanás.

Lo que sí sabemos es que existe desde que tenemos uso de razón y ganas de usarla, y que de un modo u otro sobrevive a todos los gobiernos y renace siempre de sus cenizas, como el Gato Félix. Y que fueron ¡ay! efímeros los períodos en que se mantuvo entre paréntesis.

La mayoría de los autores somos moralistas. Queremos —debemos— denunciar para sanear, informar para corregir, saber para transmitir, analizar para optar. Y decirlo todo con nuestras palabras, que son las del diccionario. Y con nuestras ideas, que son por lo menos las del siglo XX y no las de Khomeini.

El productor-consumidor de cultura necesita saber qué pasa en el mundo, pero sólo accede a libros extranjeros preseleccionados, a un cine mutilado, a noticias veladas, a dramatizaciones mojigatas. Se suscribe entonces a revistas europeas (no son pornográficas pero quién va a probarlo: ¿no son obscenas las láminas de anatomía?) que significativamente el correo no distribuye.

Un autor tiene derecho a comunicarse por los medios de difusión, pero antes de ser convocado se lo busca en una lista como las que consultan las Aduanas, con delincuentes o "desaconsejables". Si tiene la suerte de no figurar entre los réprobos hablará ante un micrófono tan rodeado de testigos temerosos que se sentirá como una nena lumpen a la mesa de Martínez de Hoz: todos la vigilan para que no se vuelque encima la sémola ni pronuncie palabrotas. Y el oyente no sabe por qué su autor preferido tartamudea, vacila y vierte al fin conceptos de sémola chirle y sosa.

Hace tiempo que somos como niños y no podemos decir lo que pensamos o imaginamos. Cuando el censor desaparezca ¡porque alguna vez sucumbirá demolido por una autopista! estaremos decrépitos y sin saber ya qué decir. Habremos olvidado el cómo, el dónde y el cuándo y nos sentaremos en una plaza como la pareja de viejitos del dibujo de Quino que se preguntaban: "¿Nosotros qué éramos...?".

El ubicuo y diligente censor transforma uno de los más lúcidos centros culturales del mundo en un Jardín-de-Infantes fabricador de embelecos que sólo pueden abordar lo pueril, lo procaz, lo frívolo o lo histórico pasado por agua bendita. Ha convertido nuestro llamado ambiente cultural en un pestilente hervidero de sospechas, denuncias, intrigas, presunciones y anatemas. Es, en definitiva, un estafador de energías, un ladrón de nuestro derecho a la imaginación, que debería ser constitucional.

La autora firmante cree haber defendido siempre principios éticos y/o patrióticos en todos los medios en que incursionó. Creyó y cree en la protección de la infancia y por lo tanto en el robustecimiento del núcleo familiar. Pero la autora también y gracias a Dios no es ciega, aunque quieran vendarle los ojos a trompadas, y mira a su alrededor. Mira con amor la realidad de su país, por fea y sucia que parezca a veces, así como una madre ama a su crío con sus llantos, sus sonrisas y su caca (¿se podrá publicar esta palabra?). Y ve multitud de familias ilegalmente desarticuladas porque el divorcio no existe porque no se lo nombra, y viceversa. Ve también a mucha gente que se ama —o se mata y esclaviza, pero eso no importa al censor— fuera de vínculos legales o divinos.

Pero suele estarle vedado referirse a lo que ve sin idealizarlo. Si incursiona en la TV —da lo mismo que sea como espectador, autor o "invitado"— hablará del *prêt-à-porter,* la nostalgia, el cultivo de begonias. Contemplará a ejemplares enamorados que leen *Anteojito* en lugar de besarse. Asistirá a debates sobre temas urticantes como el tratamiento del pie de atleta, etcétera.

El público ha respondido a este escamoteo apagando los televisores. En este caso, el que calla —o apaga— no otorga. En otros casos tampoco: el que calla es porque está muerto, generalmente de miedo.

Cuando ya nos creíamos libres de brujos, nuestra cultura parece regida por un conjuro mágico: no nombrar para que no exista. A ese orden pertenece la más famosa frase de los últimos tiempos: "La inflación ha muerto" (por lo tanto no existe). Como uno la ve muerta quizá pero cada vez más rozagante, da ganas de sugerirle cariñosamente a su autor, el doctor Zimmermann, que se limite a ser bello y callar.

Sí, la firmante se preocupó por la infancia, pero jamás pensó que iba a vivir en un País-Jardín-de-Infantes. Menos imaginó que ese país podría llegar a parecerse peligrosamente a la España de Franco, si seguimos apañando a sus celadores. Esa triste España donde había que someter a censura previa las letras de canciones, como sucede hoy aquí y nadie denuncia; donde el doblaje de las películas convertía a los amantes en hermanos, legalizando grotescamente el incesto.

Que las autoridades hayan librado una dura guerra contra la subversión y procuren mantener la paz social son hechos unánimemente reconocidos. No sería justo erigirnos a nuestra vez en censores de una tarea que sabemos intrincada y de la que somos beneficiarios. Pero eso ya no justifica que a los honrados sobrevivientes del caos se nos encierre en una escuela de monjas preconciliares, amenazados de caer en penitencia en cualquier momento y sin saber bien por qué.

Es verdad que no toda censura procede "de arriba" sino que, insisto, es un antiguo deporte de amanuenses intermedios. Pero el catonismo oficial favorece —como la humedad a los hongos— la proliferación de meritorios y culposos. Unos recortan y otros se achican. Y entre todos embalsamamos las mustias alas de cóndor de la República.

Nuestra historia —con sus cabezas en picas, sus eternos enconos y sus viejas o recientes guerras civiles— nos ha estigmatizado quizá con una propensión latente represiva-intervecinal que explota al menor estímulo y transforma la convivencia en un perpetuo intercambio de agravios y rencores.

No es ejemplo actual sino intemporal, digamos, el del taxista calvo que "fusilaría a los muchachos de pelo largo". El del culto librero que una vez, al pedirle un libro feminista, me reprochó: "Vamos, no va a ponerse a leer esas cosas...". ("Nena, eso no se toca.") O el del director de una sala que exigió a un distinguido coreógrafo que no incluyera "danza demasiado moderna ni con bailarinas muy desvestidas". ("Nene, eso no se hace.")

Quienes desempeñan la peliaguda misión de gobernarnos, así como desterraron —y agradecemos— aquellas metralletas que nos apuntaban por doquier en razón de bien atendibles medidas de seguridad, deberían aliviar ya la cuarentena que siguen aplicando sobre la madurez de un pueblo (¿se acuerdan del Mundial?) con el pretexto de que la libertad lo sumiría en el libertinaje, la insurrección armada o el marxismo frenético. Y si de aplacar la violencia se trata, ¿por qué no se retacean las series de TV o se sanciona a los conductores que nos convierten en virtuales víctimas y asesinos?

Creo necesario aunque obvio advertir que en las democracias donde la libertad de expresión es absoluta la comunidad no es más viciosa ni la familia está más mutilada ni la juventud más corrompida que bajo los regímenes de exagerado paternalismo. Más bien todo lo contrario. Delito e irregularidad son desgraciadamente productos de nuestra época (y de otras) y se dan en casi todos los países excepto los comunistas. ¿Son ellos nuestro ideal?

Aun la pornografía —que personalmente detesto, en especial la clandestina y la española— y las expresiones llamadas de vanguardia, pasado un primer asalto de curiosidad, son naturalmente relegadas a un gueto: barrios, salas, círculos. Y allí va a buscarlas el adulto cuando tiene ganas, así como va a sintonizar debates sobre temas vigentes durante el horario de protección al menor.

Se supone que, en cuanto el censor desaparezca, los primeros en aprovechar del recreo serán los descomedidos de siempre, que reflotarán una grosera contra-cultura. Pero a la larga resultarían relegados siempre que una debida promoción (que hoy tampoco existe) de los honestos los lleve a ocupar las posiciones más evidentes.

El abuso puede ser controlable mediante una coherente reglamentación, pero es preferible mil veces correr los riesgos que entraña la libertad, por lo mucho de positivo que engendra, que asustarnos *a priori* para ser pobres pero honrados, niños pero atrasados, que no es lo mismo que puros.

En cambio los tortuosos mecanismos que paralizan preventivamente la cultura sí contaminan y achatan a toda la familia social y no sólo le vedan el acceso a las grandes ideas sino que generan fracaso, reyertas e hipocresía... vicios poco recomendables para una familia.

En lugar de presentar certificados de buena conducta o temblar por si figuramos en alguna "lista", creo que deberíamos confesar gandhianamente: sí, somos veinticinco millones de sospechosos de querer pensar por nuestra cuenta, asumir la adultez y actualizarnos creativamente, por peligroso que les parezca a bienintencionados guardianes.

Veinticinco millones, sí, porque los niños por fortuna no se salvan del pecado. Aunque se han prohibido libros infantiles, los pequeños monstruos siguen consumiendo historias con madrastras-harpías, brujas que comen niños, hombres que asesinan a siete esposas, padres que abandonan a sus hijos en el bosque, Alicias que viajan bajo tierra sin permiso de mamá. Entonces ellos, como nosotros, corren el riesgo de perder ese "sentido de familia" que se nos quiere inculcar escolarmente... y con interminables avisos de vinos.

Esta no es una bravuconada, es el anhelo, la súplica de una

ciudadana productora-consumidora de cultura. Es un ruego a quienes tienen el honor de gobernarnos (y a sus esposas, que quizás influyan en alguna decisión así como contribuyen al bienestar público con sus admirables tareas benéficas): déjennos crecer. Es la primera condición para preservar la paz, para no fundar otra vez un futuro de adolescentes dementes o estériles.

Como aquella pobre modista negra llamada Rosa Parks, encarcelada por haberse negado a cederle el asiento a un pasajero blanco en un autobús según la obligaba la ley, la autora declararía a quien la acusara de sediciosa: "No soy una revolucionaria, es que estaba muy cansada".

Pero Rosa Parks, en un país y una época (reciente) donde regían tales leyes en materia de "derechos humanos", era adulta y, ayudada por sus hermanos de raza, pudo apelar a otro ámbito de la justicia para derrotar a la larga la opresión y contribuir a desenmascarar al Ku Klux Klan.

Nosotros, pobres niños, a qué justicia apelaremos para desenmascarar a nuestros encapuchados y fascistas espontáneos, para desbaratar listas que vienen de arriba, de abajo y del medio, para derogar fantasmales reglamentos dictados quizá por ignorancia o exceso de celo de sacristanes más papistas que el Papa.

Sólo podemos expresar nuestra impotencia, nuestra santa furia, como los chicos: pataleando y llorando sin que nadie nos haga caso.

La autora "está muy cansada", no por los recortes que haya sufrido porque volverán a crecerle como el pelo y porque de ellos la compensa el infinito privilegio de integrar la honorable familia de sus compatriotas, sino por compartir el peso de la frustración generalizada. Porque es célula de todo un organismo social y no aislada partícula. Porque más que la imagen del país en el exterior le importa y duele el cuerpo de ese país por dentro.

Y porque no es una revolucionaria pero está muy cansada, no se exilia sino que se va a llorar sentada en el cordón de la vereda, con un único consuelo: el de los zonzos. Está rodeada de compañeritos de impecable delantal y conducta sobresaliente (salvo una que otra travesura). De coeficiente aceptable, pero persuadidos a conducirse como retardados y, pese a su corta edad, munidos de anticonceptivos mentales.

Todos tenemos el lápiz roto y una descomunal goma de borrar ya incrustada en el cerebro. Pataleamos y lloramos hasta formar un inmenso río de mocos que va a dar a la mar de lágrimas y sangre que supimos conseguir en esta castigadora tierra.

Clarín, 16 de agosto de 1979

Feminismo y no-violencia

VICTORIA OCAMPO ya no puede replicar, ajustar cuentas en prolijas esquelas azules, agregar un "Testimonio" o rezongar en los diarios como una lectora más. Sin embargo, es posible imaginarla corrigiendo algunas omisiones deslizadas en los recordatorios que ahora se le dedican. Sus puntos de vista son claros y nos los ha repetido didácticamente, no sólo en su obra sino en rotundos conceptos que dejó caer para quienes tuvimos la suerte de recogerlos y compartirlos. Por espíritu de justicia quisiera revivirlos, porque sin ellos su imagen resulta arbitrariamente distorsionada.

Dice nuestro querido Ulyses Petit de Murat en un semanario argentino:

"Otra vez le pedí (a Victoria Ocampo) un breve ensayo sobre Hernández. Me escribió diciéndome que don José era su pariente, por los Pueyrredón. Pero que no tenía muchas ganas de ocuparse de él, ya que él no se había ocupado en el *Martín Fierro* casi para nada de las mujeres. Le pedí permiso para publicar la carta y me lo concedió. Así quedaron más notorias las fugaces apariciones de la china del protagonista, de una negra y una cautiva. ¿Feminismo de Victoria? No, integración humana... etcétera."

¿Y quién dijo que el feminismo no es integración humana? ¿Y quién dijo que Victoria no era feminista? ¿Es que una dama tan culta, tan bella, académica para colmo, no puede, mejor dicho no debe ser feminista?

Dejemos que ella misma responda, y conste que sólo elijo párrafos al azar:

"La palabra feminismo asusta a muchas personas. Sobre todo a las que le temen al ridículo. Pues como bien se observa en un libro recientemente publicado sobre las luchas de las feministas, se conserva de ellas la caricatura y se ve a la feminista como una vieja agresiva, agriada por su falta de pretendientes en la juventud, mal vestida, sin encantos femeninos, etc." (*Testimonios,* 9ª serie, 1971/74.)

"Lo poco que he hecho en mi vida (y no lo califico de poco por falsa modestia sino porque mis planes eran más ambiciosos) lo he hecho a pesar de verme privada de las ventajas de ser hombre. Pero a ese poco no habría alcanzado de no tener inconmovible convicción de que era necesario luchar por darle el lugar que le correspondía a la mitad de la humanidad. La lucha, en mi caso, consistía en obedecer a una vocación: la de las letras. Vencer en ese sector, así fuera ínfima la victoria, era ayudar al gran movimiento de emancipación que estaba en marcha." (*La Nación,* 9 de enero de 1966.)

Victoria Ocampo dedica a la mujer un número de la revista *Sur* (1970-71). Lo publica contra viento y marea y opiniones adversas, según confiesa. Pero ella insiste en solidarizarse con sus hermanas de sexo, aunque con la carnal, Silvina, se indigna en otras páginas a propósito del tema. (*Testimonios,* 9ª serie.)

"En realidad, lo que más me importa en la vida es el feminismo y la no-violencia", me confesó hace unos años, entusiasmada con la toma de conciencia de las mujeres y las pacíficas batallas emprendidas por Martin Luther King en favor de los negros.

"Lo que más me importa en la vida..." Sin embargo, en muchas de las reseñas que le están dedicadas se prefiere silenciar lo que bien podría llamarse su ideología, aunque los ideólogos de machacamartillo sonrían sobradores. Se prefiere circunscribirla a su papel de cronista y sobre todo al de promotora de cultura, más inofensiva, menos rebelde, más "femenina". No queremos verla preocupada por el entorno político, social, cultural en más amplio sentido. Mucho menos verla comprometida con causas extravagantes.

Victoria Ocampo aprende muy temprano que la causa más original, más determinante de nuestro tiempo, la verdadera revolución cultural, es la emprendida por las mujeres. Es testigo de las batallas libradas en las primeras décadas del siglo por las sufragistas, a quienes tiene la osadía de elogiar y agradecer, cuando es un grosero lugar común aludirlas con insidiosos epítetos, cuando es mucho más cómodo ignorarlas, amparándose en el privilegio y la excepción.

(También fue un lugar común y un "número chistoso", hasta hace pocos años, agredir a Victoria Ocampo desde todos los frentes: era de buen tono referirse a ella mordazmente en las tertulias, desde cierta prensa, en nuestros sacrosantos y por fortuna desaparecidos cafés.)

Fue destinataria de mucha violencia verbal... y de la otra, que le permitió conocer cárcel, atentados, amenazas. Comprobó además que el privilegio social no la eximía de discriminación sexual, y que la misoginia es una de las más sinuosas formas de violencia que padecemos, quizá la más celebrada por los que, por otra parte, se dicen humanistas.

En esas primeras décadas del siglo, cuando el destino del planeta era diagramado por caballeros armados hasta los dientes, Victoria Ocampo descubre al Mahatma Gandhi, ese gran olvidado, ese esqueleto sobre cuyos harapos no cabían armas ni armaduras ni condecoraciones. Encontró en su acción una respuesta inédita a las luchas por la emancipación, una sólida filosofía para oponer a toda forma de violencia y sometimiento.

Victoria Ocampo me dijo alguna vez que la ilusionaba la idea de que la causa de las mujeres se empapara de la estrategia de la no-violencia, cosa que de alguna manera sucede. Cuando las mujeres empuñan las armas es por cuenta de otros, nunca hasta ahora para defender su causa.

No es sólo su pasión por la cultura lo que permite a Victoria Ocampo evadir esquemas de época y de clase. Pese a las ignominiosas trabas impuestas a toda mujer, puede sortearlas por terquedad y porque al fin y al cabo las actividades artísticas o literarias les son permitidas a las burguesas, a las "hijas de hombres ilustrados", según la expresión de Virginia Woolf.

Son, creo, sus ideales reformistas los que la marginan, los que suscitaron anteriores agresiones y actuales omisiones. Sin embargo, es reconfortante encontrar en esta tierra nuestra a alguien que en su pasión por la cultura demuestra la suficiente sensibilidad social como para afligirse porque haya sido desterrada de ella "la mitad de la humanidad". ¿No es eso "integración humana"?

Victoria Ocampo procuraba seguir la lección del maestro Gandhi: persuadir. Hace algunos años presencié otra lección: la que un hombre de leyes le dictaba, intentando convencerla de que todas las barbaridades impuestas por los códigos a las mujeres (en la misma bolsa con dementes, menores e incapacitados) eran las justas y apropiadas. Victoria escuchaba y luego replicaba serenamente. En un aparte le pregunté cómo era posible que, a sus años, tuviera aún paciencia para soportar tanta pedante necedad.

"Sí, la verdad es que estoy cansada", contestó, "pero hay que persuadir..."

Persuadir, sí, y quizá no perder la paciencia (¡hemos tenido tanta!) ni el sentido del humor. Ese sentido indispensable que a Gandhi lo había salvado del suicidio, según confesara alguna vez.

Ese humorismo casi infantil, que le permite a Victoria Ocampo enfurruñarse contra el mismísimo José Hernández y espetar: "Si él no se ocupa de las mujeres, yo no me ocupo de él...".

¿Podríamos atender a la lección de la maestra? Podríamos heredar tan sano desparpajo y dedicarle un estudio feminista a Hernández y otro a Borges, y otro a los letristas de tango, e inclusi-

ve a Ulyses Petit de Murat. No para intentar mellar la solidez de
sus obras sino para verlas bajo otra luz. No para desconocerlos
sino para conocernos mejor, para reconstruirnos, las mujeres, a
través de tanta ausencia, tanto desdén, tanto monopolio de varones cuchilleros, sordos, solos y prepotentes. Para emanciparnos
de vetustos prejuicios, de espejos mentirosos pero archiinstitucio-
nalizados.

Aprender, en definitiva, que la cultura es la autodeterminación
de los pueblos y las personas.

Clarín, 22 de febrero de 1979

A Masters, con cariño

¿CÓMO ACCEDEMOS A LA OBRA de un poeta desconocido? Generalmente por azar, por sugerencia de un amigo o mediación de un maestro. Pero sobre todo porque ese poeta sale al paso de sus curiosos buscadores. Según Alberto Girri, cada poema genera su lector. Que el encuentro se demore es asunto secundario, una fatalidad obediente a leyes intemporales, esas que no permiten que ninguna obra maestra permanezca desconocida. Por eso ahora, a más de sesenta años de su publicación, un clásico de lengua inglesa llega a los lectores hispanoamericanos. ¿Por qué habrá tardado tanto? Quizá por pereza o cortedad de algunos. O por excluyente atención a las letras europeas, por parte de otros.

Discúlpenme la referencia personal: hace tres décadas, en Maryland, apenas llegada a su casa y sólo instantes después de la ceremoniosa bienvenida, Juan Ramón Jiménez me regaló la *Antología de la poesía moderna norteamericana* de Louis Untermeyer, señalándome dos nombres: Emily Dickinson y Edgar Lee Masters. De éste, muy apremiante recomendación de leer su *Spoon River Anthology*. Recomendación que acaté y agradecí.

Masters vivía aún, y muy cerca, en Filadelfia, noción que hoy me impresiona bastante, pero ¿hubiera sido natural presentarse a conocerlo, como pude hacer con el vecino Pedro Salinas, o con

Ezra Pound, a quien Juan Ramón Jiménez me llevó a visitar a la clínica donde estaba detenido? Ocurrencia difícil en el caso de Masters. Entonces no era común que una jovencita despistada acudiera a la casa de un venerable y, munida de zaparrastroso grabador, le asestara preguntas tales como: "¿A qué atribuye su éxito?" "¿Por qué escribió la antología?" "Si no fuera escritor, ¿qué le hubiera gustado ser?", etc. Esto significa que quizá lamento no haber visto al admirado maestro y también significa que no es tan necesario entrevistar a los poetas como aguzar el sentido de la orientación para saberse destinatario de su obra. Nunca está de más reiterar que los lectores *también* hacemos la poesía y fomentamos su permanencia, en pugna contra olvidos, modas y demoliciones.

Alberto Girri cuenta que hacia 1931, en uno de los primeros números de la revista *Sur,* leyó algunos poemas de Masters traducidos por Borges. El autor de *El motivo es el poema* tradujo otros y los publicó durante la década del 40, en *Correo Literario.* Abreviando la nostalgia que nos da recordar revistas literarias de tanto vuelo, llegamos al presente, en que el poeta de *Arbol de la estirpe humana* publica la mitad de los más de doscientos epitafios que componen el libro, vertidos al español.

La traducción es límpida y rigurosa, y en su edición argentina (antes apareció una en España) figuran los originales en inglés, como deberían figurar en toda traducción de poesía. Girri no "poetiza" ni interpreta, se limita a reproducir el tono coloquial pero de indeclinable lirismo que hace la grandeza de esta obra.

Edgar Lee Masters confesó haberse inspirado en los epigramas de la *Antología griega,* por sugerencia de su amigo William Marion Reedy, quien además le aconsejó distraer su atención de los temas clásicos y, de algún modo, "pintar su aldea". Masters no se distrajo del todo y sí atendió al consejo y escribió esta colección de monólogos de acento épico-doméstico en que los protagonistas no son héroes ni dioses sino los vecinos de un terminado pueblo del Medio Oeste, "que están todos, todos, durmiendo en la colina".

Sí, en esta imaginaria aldea de Spoon River todos han muerto, como en *Pedro Páramo*. A través de un epitafio cada uno resume su vida y la entrelaza con su versión de una vida ajena. La familia humana se confiesa y desnuda, emparentándose por un complicado hilo dramático que no excluye ironía ni crítica social en una especie de folletín donde reinan amores, odios, intrigas, crímenes y altruismos entre déspotas, borrachos, amas de casa, presidiarios, jueces, vagabundos, poetas, boticarios y la infaltable *cocotte* francesa.

Buen hijo de la tradición puritana, Masters es un moralista empeñado en alzar el velo que disimula miserias y respetabilidades para mostrar la secreta y generalmente dolorosa verdad. Mucho desahogó en esta crónica su personal amargura, puesto que dice en su *Autobiografía:* "Creo que ningún poeta en la historia inglesa o norteamericana tuvo una vida más dura que la mía en mis comienzos en Lewiston, entre gente cuya carne y cuyas vibraciones parecían enderezadas a envenenar, pervertir y aun exterminar una naturaleza sensitiva".

Los monólogos rara vez descienden a la prosa peatonal pero nos atrapan como una novela y nos permiten atisbar intimidades, mitos y fracasos de la inmensa nación en ebullición.

La *Antología de Spoon River* es un clásico de la literatura norteamericana, que hizo de Masters el poeta más popular después de Whitman. Como *Hojas de hierba,* ganó inmediatos entusiasmos y también desmesuradas críticas, no lo ajaron las aulas y los estudiantes que hoy lo frecuentan con cariño.

Es extraña la historia de Masters, un "oscuro abogado" nacido en Kansas en 1869 y que pasó parte de su vida en Chicago, donde se sumergió en el agitado movimiento literario de 1912, tiempos en que, como señala Girri, pudo atender a la recomendación del irlandés W. B. Yeats: "Lograr un estilo semejante al oral, sencillo como la sencilla prosa, como un grito del corazón". La aparentemente sencilla prosa de la *Antología de Spoon River* no representa sólo un rechazo de rutinarias retóricas sino que es un prodigio de síntesis poética que parece resumir todos los géneros literarios.

Y todos los practicó Masters. Escribió abundosamente durante su larga vida, apagada en 1950. Compuso cerca de ochenta volúmenes que, según general opinión, no pasan de la mediocridad. Obras anteriores y siguientes a la *Antología* fueron al parecer recibidas con indiferencia. Y es tan singular este libro en medio de su producción, que también se cuenta que lo escribió en un estado mediúmnico causante de un profundo colapso posterior.

La *Antología de Spoon River* apareció en 1915, es decir, durante las postrimerías del modernismo hispanoamericano. Es un libro contemporáneo, o casi, de los *Sonetos espirituales* de Juan Ramón Jiménez, de *Campos de Castilla* de Antonio Machado, de las *Odas seculares* de Lugones y sus escaramuzas con Herrera y Reissig, de los *Sonetos de la muerte* de Gabriela Mistral, de los últimos versos de Rubén Darío y los primeros de Fernández Moreno, del docente silencio de Banchs y el apogeo de la insólita Delmira Agustini. ¿Hubiéramos apreciado por entonces este austero libro? Sin duda sí, porque ya desistíamos de grandilocuencia y nenúfares y, porque así como "la plata trae la plata", la prosperidad literaria es contagiosa y engendra especial avidez y universalidad en autores y públicos. La parcial enumeración de obras de esa década nos permite creer que todo era posible en el misterioso orbe de la poesía.

Pero no fue entonces sino ahora cuando reconocemos al "oscuro abogado" y luminoso cronista. Ahora y aquí, cuando tantos ausentes por intempestiva muerte partieron sin tiempo de decir su verdad, quizás encontremos en las confesiones de estos imaginarios difuntos una conmovedora coincidencia con nuestro drama personal y nacional.

Propósito de esta nota es contribuir a que tan lozano clásico se encuentre con algunos de sus predestinados lectores.

Clarín, 2 de agosto de 1979

El paraíso escandinavo

SUECIA ES IDÉNTICA a Greta Garbo. Pero hace mucho que le garabatean bigotes e inscripciones perversas al bellísimo retrato y le estampan a fuego el sello del estereotipo: "corrupción-alcoholismo-suicidios".

Los adscriptos al mundo comunista se esmeran por denigrar a esas "socialdemocracias burguesas" ¡para colmo vecinas! a las que no perdonan una justicia adquirida sin purgas, ni proclamas ni liquidación de disidentes, que cometen el exotismo de conservar vivas sus monarquías ornamentales y constituyen un bloque ligado por la afinidad y la cooperación y no por el expansionismo.

Nosotros, en cambio, solemos calumniarlas escudándonos en otro estereotipo: un abrigado complejito de superioridad que atribuye excluyentes méritos a la raza latina, sobre todo el de su supuesta calidez.

Sin embargo, la frialdad escandinava oculta el único calor humano digno de ese nombre: el que se traduce en el más libre y equitativo de los sistemas sociales del planeta.

La fantasía de lo paradisíaco transcurre habitualmente en islas tropicales, con el concurso de esclavas (o conejitas) que suministran refrescos alcoholizados al ocioso destinatario, mientras un negro (o indio) lo abanica, y floridas bailarinas (orientales) se mecen para regalo de su latina sensualidad, al son de melodías tañidas por músicos no sindicalizados.

Es difícil sustituir este desgraciado cliché por la austera utopía escandinava, que no cayó de un cocotero sino que fue fundada sobre el trabajo, donde no persiste más servidumbre que la de las máquinas y la de una burocracia insólitamente razonable: un paraíso del que han sido barridas la indigencia, la fealdad y la represión.

El mal programado visitante se sorprenderá de entrada porque lo primero que verá, en el Aeropuerto de Estocolmo, no será un bazar erótico sino una guardería infantil. Y a pocos pasos los baños, de celestial higiene y primoroso equipamiento, destinados no sólo a damas y caballeros sino además a lisiados y a toilette y descanso de bebés.

Al entrar en uno de estos tan indispensables como poco mencionados reductos, donde todo favorece la meditación, una se pregunta: ¿A qué le llamamos cultura? ¿Al ballet clásico y las conferencias o al respeto de nuestras sagradas biologías?

El concepto de cultura, generalmente devoto de tradiciones y temeroso del cambio, debe modificarse para entender a estos pueblos cuya principal preocupación es el respeto por la persona, incesantemente proyectado hacia el futuro. Es necesario recuperar la noción de que cultura es todo lo que el hombre hace por su progreso y su dignidad, no sólo la producción de obras artísticas a menudo desentendidas de la desdicha de infinitos congéneres.

Para los estados escandinavos no hay ser humano desdeñable: niños, discapacitados, ancianos, refugiados, inmigrantes, alcohólicos, estudiantes, no-fumadores, peatones, dementes o escritores. A todos alcanza la protección, no en forma de dádiva ni al azar, sino mediante una radical distribución de la riqueza a través de los impuestos.

Introversión, religiosidad, rigores climáticos y escasez de lo que llamamos "vida nocturna" obligan a sus habitantes a una prolongada estada hogareña, pero el concepto de familia no se contenta allá con la reiteración de eslóganes sino que se concreta en un programa de protección total de la tribu.

Sería fatigoso y un tanto deprimente enumerar todas las leyes sociales porque todas existen y se cumplen. Desde la licencia por maternidad para ambos cónyuges hasta el honorable alojamiento de ancianos, pasando por guarderías gratuitas, vacaciones pagas para el ama de casa y becas para todo el que quiera estudiar a cualquier edad, amén de honorarios médicos y gastos en prótesis y medicamentos reembolsados casi en su totalidad, y la prohibición de castigos corporales a los niños.

Es necesario aclarar, para uso de prejuiciosos, que impera en Suecia una rígida "ley seca" que obliga a quien desee empaparse a realizar tan costoso peregrinaje que al acceder al estado de beodez no sería digno de sanción sino de aplauso. Y que la célebre abundancia licenciosa no es tan accesible al hambriento sátiro meridional como él supone, y que no ofende pública ni privadamente a pudorosas sensibilidades foráneas, las mismas que suelen ser impermeables, por ejemplo, al espectáculo de la miseria.

—¿En qué nivel social vivimos? —pregunto a mis amigos uruguayos, modestísimos residentes en Suecia, que me hospedan en uno de los tantos gestos de generosidad allá recibidos.

—En el equivalente a la "villa miseria" —me contestan, reclinados en su abundante balcón donde no cultivan enrejados ni ropa tendida sino geranios, albahaca y perejil.

La "villa" es Jakobsberg, en las afueras de Estocolmo, una serie de adustos monoblocks que conceden poco a la apariencia pero albergan más de lo que una familia necesita para su completo bienestar físico y espiritual.

Los niños juegan en la guardería o en los espacios verdes que rodean las torres cuyas ventanas dan todas al exterior. El tránsito es relegado a la ruta, a prudente distancia.

Se trata de una ciudad satélite autoabastecida por un centro comercial que calca la opulencia y pulcritud de las tiendas capitalinas, con un servicio de trenes que llegan implacablemente a horario, como en los cuentos de Calleja de nuestra infancia.

Sería un barrio "lumpen": refugiados (no sólo por razones políticas sino religiosas o raciales), inmigrantes, obreros de todas las razas, las mismas que en París se repliegan en sórdidas villas de desperdicio, que allí se cruzan por los apacibles senderos o en los sótanos de los edificios donde comparten lavaderos y secaderos de ropa... y de coches.

El Estado dio a mis amigos facilidades para pagar "a cien años" un departamento de tres episcopales ambientes, dos baños y una vasta cocina donde se practica la costumbre popular de comer sin que la o el encargado de las tareas se retraiga de la conversación. Lo han amueblado también gracias a créditos a cien años y con muebles usados que los vecinos abandonan o regalan.

Debieron aprender el idioma y para eso fueron subvencionados. (Es destacable la voluntad de los escandinavos por conservar sus rasgos de nacionalidad, empezando por el idioma, aunque sólo lo practiquen escasos millones de personas.) Y, como es lógico, mis amigos también debieron trabajar, y tuvieron la suerte —una suerte oficialmente favorecida— de desempeñarse en sus respectivas profesiones.

No suelen comprar discos ni libros, no sólo porque están encarecidos como en todas partes, sino porque se ha apaciguado en ellos la fiebre adquisitiva que nuestra permanente inseguridad nos inocula, y además porque la biblioteca vecinal les presta todo lo que necesiten. De más está decir que no se trata de productos residuales de biblioteca de barrio sino de un catálogo literario y musical perfectamente actualizado. La red de bibliotecas populares contribuye por su parte al fomento de la obra de muchos escritores, mediante la regular adquisición de sus libros. Los suecos tienen fama de ser grandes consumidores de poesía. Una televisión digna y la práctica de hobbies y artesanías domésticas completan el equipaje necesario para navegar la interminable noche nórdica.

No suele haber servicio doméstico pero las tareas son compartidas sin distinción de sexo. Falta de convencionalismos, organización en el aprovisionamiento y los habituales artefactos contribuyen a evitar innecesarios y mal repartidos ajetreos.

Un joven compatriota se gana la vida dando clases de música (en una escuela del barrio, lo que le ahorra gastos y fatigas de traslado y prolongada ausencia del hogar, como a la mayoría) y decide probar suerte en el mejor conservatorio de Suecia para perfeccionar sus verdes conocimientos. Entre centenares de postulantes es de los pocos que aprueban el examen de ingreso, como corresponde a la excepcional habilidad de los músicos "orejeros" de estas orillas. La victoria lo alegra pero también lo apabulla y aduce que no podrá estudiar porque debe trabajar para mantener a sus hijos. La "burocracia" sueca le responde que le seguirá pagando el sueldo mientras se dedique exclusivamente al estudio. Y entonces termina de aterrarse, porque vivía feliz librado a su bohemia inspiración, apartada de adultas disciplinas.

En esta apelación a la responsabilidad individual radica uno de los peligros —¡dichoso peligro, en el que algunos querríamos naufragar!— del paraíso escandinavo. Si la comunidad a través del Estado suprime angustias y escollos, nos deja en cueros con nuestra conciencia y a solas con nuestras reales capacidades. ¿A quién vamos a atribuirle un posterior fracaso? ¿A la pobreza? ¿A la familia? ¿A que la culpa la tuvo Perón?

Ya insinuamos que para los escandinavos cultura significa una manera de hacer más habitable el mundo y conviven con un arte expresado en diseños y artesanías cuya estética y calidad son oficialmente controladas, y no por burócratas. La belleza de muebles y enseres parece un intento de sustituir ese sol siempre añorado, y la pasión por las plantas de interior, presentes hasta en los talleres fabriles, contribuye a crear una permanente primavera íntima.

Por eso en la Casa de la Cultura de Estocolmo se realizan exposiciones no de lo que solemos llamar obras de arte sino de otras que tienen distinta valoración, por ejemplo la integración de los ancianos a una sociedad que generalmente los aísla e inutiliza. Se exhiben obras de jubilados de ambos sexos: algunos trabajan a la vista del público, en telares o embadurnando inmensas hojas de colores.

Si no nos constara la absoluta honestidad de este pueblo podríamos sospechar que se trata de una de esas pirotecnias destinadas a engañar a los visitantes acerca de las bondades de determinado régimen. Pero el sueco no es un régimen sino una verdadera democracia, indiferente a los aspavientos de la propaganda.

Formando parte de la misma integración de la industria y la artesanía como artes al servicio de la vida, se exhiben muebles y enseres para uso de ancianos y discapacitados: sillones, mesas, lámparas con lupas que podría firmar el más audaz de los artistas plásticos.

En cuanto al temperamento taciturno y tortuoso de los suecos, no querríamos tocar de oído sino dejarlo en manos de su más implacable pintor y máximo artista contemporáneo, Ingmar Bergman. La visitante no ha tenido tiempo de constatar sino una recatada e inalterable cordialidad. Si suelen incurrir en dramáticas crisis personales no creo que se deba al exceso de organización sino a causas que escapan a nuestra comprensión, como "la problemática de los ricos". Pero sólo con indecente mala fe podemos suponer que la equidad social es causante de otras desdichas. Lo que sucede es que no hay sistema capaz de remediar amores contrariados, dudas religiosas, sensación de fracaso o vértigo metafísico. Ese es otro cantar.

Es comprobable a cada paso una conmovedora honradez en todas sus expresiones. Aquel que haya conocido a un "chanta" sueco es sencillamente un perseguido por la desgracia: también pudo habérsele caído una cornisa en la cabeza o errar al PRODE por un punto. Las personas normales no corremos ese riesgo. Ministros o funcionarios renuncian cuando no han podido cumplir sus promesas. Todos parecen ignorar la jactancia o la mentira, y entre los más lúcidos reina un santo horror del consumismo y el materialismo. Son básicamente humanistas, virtud cultivada en medio de una paz más que centenaria, y la respetable riqueza nacional acumulada a pesar de o gracias al equitativo reparto les permite prestar abundante cooperación a las zonas desfavorecidas del planeta, como consta en los programas de UNICEF.

Al tener en gran parte solucionada la lucha por la vida necesitan enrolarse en la lucha por la Vida y son, por ejemplo, fervientes ecologistas. La insólita confianzudez de los pájaros, nos explica alguien, se debe a que desconocen la existencia de hondas, tanto como los suecos ignoran lo que solemos llamar "persecuta" represiva de ninguna especie.

Mis amigos orientales llevan más de tres años de residencia, por lo tanto tienen derecho al voto (y a ser elegibles) y ya han votado... por carta. En el correo del barrio contemplo pálidamente las coloridas carpas que ofician de cuartos oscuros y, con los ojos húmedos de porvenir, me traigo unas boletas de recuerdo, junto con mi gratitud por haber recuperado algo que creía perdido para siempre: la esperanza.

Los países escandinavos "nos calientan el corazón", como el personaje de Brassens, porque nos aplacan el escepticismo —ése sí suicida— que nos lleva a creer que el hombre es incapaz, por innata fatalidad, de organizar su supervivencia. Los nórdicos no son seres superiores, son criaturas como todas. Imaginar diferencias genéticas significa recurrir al peor de los estereotipos: el racista. Si ellos pueden, otros también podrían, sin necesidad de pertenecer a la estirpe de Superman. No se trata necesariamente de imitar el modelo escandinavo, pero es preciso admirarlo sin mezquindad ni prejuicio para recuperar la fe en el maltratado género humano.

La vital laboriosidad de nuestro propio pueblo, esos privilegios naturales que ensalzamos con razón, un origen democráticamente igualitario pese a todos los fracasos, nos permiten incurrir en el optimismo de creernos capaces de alcanzar algún día parecido grado de civilizada convivencia.

Clarín, 8 de noviembre de 1979

En Bolivia, cherchez la femme

ENTRE LA CHOLA VENDEDORA de mercado y una Presidenta de la República, ¿qué pasa en Bolivia? Es mínimo lo que sabemos de esta muy querible nación hermana, salvo que bate el récord en materia de revoluciones y asonadas.

"Buscad a la mujer" es un adagio de la jerga policial francesa: se supone que buscando se hallará a la pérfida instigadora del pobrecito delincuente. No es a ninguna especie de autora vicaria a la que se nos ocurre buscar, sino a la mujer que existe por sí misma, trabajando, creando, dando la cara. Como la da quien en el momento de escribirse esta nota ostenta el cargo de Presidenta constitucional interina.

¿Y las otras? Pronto nos enteramos de que "El País Machista" (como lo denomina el play boy y escritor paceño Mariano Baptista Gumucio) no sólo ha permitido la carrera política de una mujer hasta llegar al más alto cargo, sino que una plataforma cultural determinada le sirve de sustento.

Sin pretender incurrir en la menor interpretación política, nos parece oportuno contribuir al conocimiento de este admirable pueblo a través de algunas de sus mujeres. Y empezamos a "buscar a la mujer", atraídas por el significado histórico de que una de ellas sea su máxima autoridad. Y por ella comenzamos a tientas, sin usar los "contactos", prefiriendo la aventura del azar.

A la puerta del Palacio Quemado interrogamos a un soldadito, del tamaño de medio granadero, del Batallón Colorado de Escolta Presidencial, chaqueta y quepis rojos, mirada perdida en la nevada cumbre del Illimani.

—¿Aquí trabaja la señora Presidenta?

—Sí, pero la señora no'stá, ha salido ahorita.

Es el comienzo de infinitos diálogos callejeros, anudados siempre con facilidad, jamás con desconfianza ni descortesía, terminados habitualmente con graciosas sonrisas que parecían ya inhallables en este sacudido mundo, más aún en lo que sólo treinta días atrás había sido campo de una masacre.

Cortesía de reyes, pueblo de aristócratas, suponiendo que unos y otros sean gentiles, vivaces, inteligentes, leyenda imposible de sostener si recordamos otras imágenes de la real realeza, por ejemplo la magna expresión de opa del príncipe Carlos de Inglaterra.

Nos acercamos a este pueblo con reverencia parecida a la que experimentaría Mujica Lainez ante la nobleza europea. Nobles de tez oscura y ajada, pequeños y a menudo harapientos, servidores pero jamás serviles, cuyos modales, calidez y lenguaje sólo pueden suscitar respeto y ternura. A veces, recordando la frase de uno de los hermanos Karamazov, uno querría "arrodillarse ante tanto sufrimiento".

Como "la señora no 'stá" en su despacho, seguimos camino, trepando y resbalando por las trabajosas calles, entre cholas que, mientras atienden sus quioscos, leen seriamente el diario, deletrean las manoseadas páginas de una novela o hilan en husos-trompos que hacen girar sobre la vereda.

Pronto sabremos que la chola es una institución bastante sorprendente en la vida paceña, y no una figura más o menos pasiva, más o menos indigente.

El azar se presenta en una agencia donde vamos a pedir simples datos turísticos. Allí las empleadas se constituyen en un activo comité de solidaridad que nos conducirá al mejor turismo: el conocimiento del paisaje humano. Barajan nombres de la cultura boliviana, aconsejan y comentan. Una muchachita que parecía ajena a la charla interviene suave pero altivamente:

—¡No se olviden de Marina Núñez del Prado!

Y es verdad que habíamos olvidado, si alguna vez la supimos, la legendaria fama de una escultora célebre en el mundo desde hace varias décadas.

Cuando ya salíamos, la burlona tonada chilena de Judith nos interpela en lo que suponemos una broma:

—¿Y no quieren ver a la Presidenta, pues?

—¡Claro que queremos!

—Ahorita les averiguo, al tiro.

Llama a una joven funcionaria de la Cancillería que nos allana el paso con cinematográfica celeridad. Varios cronistas extranjeros esperan audiencia desde hace días, pero dice que la Presidenta está especialmente predispuesta a recibir a periodistas mujeres, a pesar de su abrumadora tarea. Es inoportuno aclarar que no soy periodista sino una simple aprendiz de bruja.

Compartimos la breve antesala en el palacio con una delegación de mineros. Severos, endomingados, se expresan con la exquisita finura y el pulcro idioma propio de todas las clases sociales de esta tierra. Responden con virreinal cortesía a la fatal pregunta, después de una larga y cautelosa pausa:

—Pues sí, esperamos de la señora una mayor sensibilidad para atender a nuestros problemas...

Una música folklórico-marcial tapa el diálogo y nos asomamos a la ventana, escoltadas por dos periodistas japoneses pertrechados con una aterradora artillería fotográfica.

Hay una multitud en la Plaza Murillo: centenares de cholas de luto y algunos ancianos están sentados en la calle, portando carteles manuscritos, acompañados por una banda compuesta de tuba, trompeta, bombo y tambor que toca un solemne huayno. Son los "Beneméritos" de la guerra del Chaco y sus viudas, que acuden a pedir aumento de sus escuetas pensiones. La apertura democrática les permite ejercer el *sit-in* (¿invento prehispánico?) con majestuosa y aparente mansedumbre.

La jefa de Estado elude protocolos y controles y un edecán nos introduce en su pequeño despacho. En el pasillo, una escultura abstracta de mármol negro, ahijada de las bellísimas formas de Henry Moore, señala la presencia de Marina Núñez del Prado en el ámbito oficial. ¿Es habitual que las casas de gobierno sudamericanas hagan sitio a sus verdaderos artistas, cuando lo que han cometido no es precisamente el busto de un general? Tanto la figura de mármol como la multitud callejera representan dos culturas, en perpetuo litigio y también en perpetua integración.

Doña Lidia, como se llama familiarmente a la presidenta Lidia Gueiler, lee y firma papeles. Una profesora maternal, con algo de María Luisa Robledo, rústica y germana, da impresión de serenidad, de "sabérselas todas" gracias a su militancia política de toda la vida, y aunque sentada sobre un volcán, transcurre con buen humor un día especialmente peligroso para su mandato: el de la dictación (como dicen los diarios, que no se expresan tan bien como la gente) de medidas económicas destinadas a granjearle impopularidad. Imposible no establecer un paralelo entre Lidia Gueiler e Isabel Perón, únicas Presidentas constitucionales de América y el mundo: a ambas les cupo dictar, forzadas por las circunstancias, un al parecer inevitable "rodrigazo".

La Presidenta saluda cálidamente, fijos los grandes ojos verdes en sus visitantes, y se apresura a señalar su respeto por el periodismo, justificando así el hecho de perder unos minutos para recibir un apretón de manos y dejarse sacar algunas fotos.

—Nada más importante que la hermandad entre nuestros pueblos —dice con una apasionada convicción que le resta ecos de demagogia o lugar común. Es evidente que aceptó el cargo por necesidad de conciliar hacia adentro y hacia fuera, con una bien femenina intención de contribuir a la paz general.

Parte de esa voluntad conciliatoria se manifiesta al haber incorporado mujeres a su gabinete. Dado el histórico aporte de la población mujeril a la vida nacional, sería injusto que precisamente una mujer las apartara del gobierno, como lo hace la castrense Margaret Thatcher. Al preguntarle por sus dos ministras, comenta risueñamente:

—¡No me dejaron nombrar a más como yo quería, dijeron que ya éramos muchas!

Y envía por nuestro intermedio un saludo al pueblo argentino, en especial a sus mujeres.

Son quizá las inevitables frases prefabricadas de un gobernante que ya ha contestado a todos los reportajes, pero es notoria la carga afectiva que las valoriza y llena de veracidad.

¿Qué más podríamos hacer sino desearle éxito en su espinosa misión, con igual franqueza y sorteando todo entrometimiento político? Exito en nombre de esa mitad de la humanidad en la que aún no se confía como para permitirle compartir el poder con los hombres, tal como comparte sus desdichas.

Esta confianza se la dio Bolivia a una mujer, e históricamente quedó escrito, aunque un día pueda quitársela. Su ascenso al poder fue celebrado con júbilo callejero y una insólita naturalidad. Nadie pretendió impugnarla por su condición de mujer, por "incapacidad propia de su sexo". Fue y será celebrada o denigrada como cualquier político, y si en poco tiempo perdió parte de su popularidad fue debido a las medidas económicas, duras de tragar para la gran mayoría de un pueblo atrozmente pauperizado. Pero su presencia es por el momento garantía de democracia. Todas las libertades reinan en Bolivia al momento de escribir estas líneas. ¡Lo reconocen hasta los peludos y emponchados cantores de protesta de la "Peña", largados a perorar por la indescifrable "cintura cósmica del sur" y que se ensañan retrospectivamente contra el golpista Natusch, rimándolo en solfa con la única consonante posible: Orange Crush!

Siguiendo en la búsqueda del "marco" cultural necesitamos

conocer a otra mujer, la más destacada en las letras bolivianas, de quien recordamos algunos versos pero no el número de teléfono, suministrado rápidamente por el comité femenino de la agencia de turismo.

En una vieja casa del barrio de la Universidad (en cuyos muros las inscripciones se superponen minuto a minuto), una dama pequeña, morena ("aquí todos somos medios indios"), austera y suave nos recibe escoltada por dos educadísimas nietas y un gentil marido alemán.

Es —creemos— la primera mujer académica de letras del mundo hispánico. Miembro de la Academia Boliviana de la Lengua, filial de la española.

—Hacia 1970 me propusieron —dice Yolanda, ante la rueda de mates de coca— y yo acepté, pero...

—¿Pero?

—Me nombraron en el 76. Lo estuvieron dudando seis años, me confesaron que les costaba nombrarme, porque por tradición no entraban mujeres en la Academia.

Reconfortan tanta franqueza y tanta parsimonia, ¿no?

Escritora y poeta, Yolanda Bedregal estudió Estética e Historia del Arte en la Universidad de Colombia. Trabajó en el Instituto de Investigaciones Pedagógicas y fue profesora de escultura. Pertenece, como gran cantidad de intelectuales bolivianos, a una familia de escritores, políticos y miembros de distintos gobiernos que a cada oportunidad fueron defenestrados por una de las tantas asonadas.

Y una de ellas impidió a Yolanda asumir su puesto de primera embajadora (en España) cuando ya estaba concedido el placet.

Pero sí pudo ser presidenta y fundadora de la Unión Nacional de Poetas y del Comité de Literatura Infantil. Ha concurrido a numerosos congresos literarios y acumulado los máximos premios, amén de un reconocimiento popular que se manifiesta sobre todo en la juventud, con la que dialoga en escuelas y universidades.

—No sé "de cómo" está en el currículum mi obra —dice, refiriéndose a la inclusión de sus libros en los programas de estudio.

Aparte de sus propias obras —*Bajo el oscuro sol, Gesta bárbara, El cántaro del angelito* y muchas más—, su *Antología de la poesía boliviana* forma parte del bagaje que todo visitante se lleva de recuerdo, junto con el ponchito de alpaca, la platería artesanal y la anata labrada.

Formulamos a Yolanda Bedregal la pregunta que de todas las bocas recibirá idéntica respuesta:

—No, no querría irme, nunca quise. Me gusta mi tierra, la quiero, sí. Un escritor tiene que vivir en su tierra, comer del mismo chuño del pueblo, sufrir con él, mirar para América. Viajar sí pues, me gusta mucho, pero para volver a vivir y morir aquí.

Tuvo su actividad política, si no partidista, progresista, fruto de su necesidad de justicia y de un idealismo propio de poeta no encerrado en cápsula cultural.

Elogiamos su manera de expresarse, la picardía de su lenguaje.

—Es que aquí todos tenemos sangre india, y la influencia de la sintaxis aymara le hace bien al español. Este es un pueblo maravilloso, si no lo fuera no habría sobrevivido a tanto mal gobierno...

Otra constante: todos alaban al pueblo. Lejos estamos de las señoras y los señores gordos que se complacen en decir que "el obrero no trabaja" o "aquí el problema es el indio, por ocioso". Esas falacias parecen haberse esfumado en las llamadas clases cultas de Bolivia.

—Yo tenía una empleada que no quería hablar más el aymara, pero cuando se enteró de que se enseñaba en la Universidad, le dio orgullo y volvió a hablarlo... No tenemos que renegar de nuestras tradiciones, de nuestra cultura popular. ¡Y esos horribles edificios que han levantado en La Paz! ¡Vaya progreso! Antes la vida era más bella, más natural. ¿No es mejor ver a las cholas lavar sus faldas en el río que en feos lavarropas?

Es difícil compartir este criterio, sobre todo al contemplar la escasa agua de los ríos o la distancia kilométrica que suele separar a los poblados de las canillas comunes. Pero no creemos que la humanista Bedregal, en su aspiración poética de retorno a las fuentes, sea partidaria de perpetuar la miseria indignante en que vive gran parte de su pueblo, sino que aspira a que mejores condiciones de vida no signifiquen atropello o perversión de una peculiar cultura indígena, con lavarropas o sin él.

Algunos de sus versos traducen este temor:

"Ya no tenemos dos pies; tenemos mil, millones, pero no avanzamos."

Después de la despedida "en que quedamos amigas, ¿no?", y ya en la calle, solicitamos a una humilde mujer que nos indique el camino. La pregunta anuda un diálogo abundante y termina en una invitación a alojarnos en su casa, porque "ella ha estado en la Argentina, enferma, y qué bien la trató la gente de La Plata, ¿no conocen a Nélida Fernández, de La Plata?".

No, no la conocemos, desgraciadamente, pero ya que estamos le preguntamos qué le parece una mujer presidenta.

—Yo de política cómo voy a entender, ay, qué cosa tan complicada, pero tengo que ser solidaria con una persona de mi sexo, ¿no?

Clarín, 13 de diciembre de 1979

De la libélula al cacto

ALGUIEN CONTABA QUE DESPUÉS de una larga estada en Madrid, al volver se sumergió en el descubrimiento de Pérez Galdós y que la lectura del gran canario le permitió entender mejor a una sociedad cuyas claves se le escaparon pese al arraigo y la buena disposición.

Si es obvio que un autor o un artista no necesitan hacer ostentación de nacionalidad, a muchos les agradecemos que nos ayuden a despejar la perplejidad que el fugaz conocimiento de un sitio y un grupo humano nos ocasionan. Perplejidad incrementada, en este caso, por una suma de inestabilidades, ausencias, bloqueos, huelgas, manifestaciones y contradictorio quietismo.

Este tan breve cuan perogrullesco preludio sirve para introducir el doble entusiasmo por dos artistas bolivianos que contribuyen al conocimiento de un país por demás apasionante e inasible.

Carmen Baptista no tiene parentesco ni ideológico ni estético con Antonio Eguino, pero la idea de reunirlos no es demasiado caprichosa: una reconstruye subjetivamente la realidad histórica y el otro narra la realidad presente. Una pintora y un director de cine de insólito talento que nos proponen dos de los tres acontecimientos felices que los argentinos viviremos el año próximo: una exposición y el estreno de una película.

El tercer evento dichoso, de más está decirlo, consiste en el tercer escalón que descenderá la inflación, rutilante de lentejuelas desvalorizadas, como una ajada vedette de teatro de revistas.

Gracias al caprichoso reparto de prestigios y anonimatos que hace de los países americanos —aun de los limítrofes— ilustres desconocidos, tenemos pocas referencias de estos dos protagonistas de la cultura boliviana.

Un cronista viajó hace meses a Bolivia para "cubrir" las elecciones y "descubrió" a Carmen Baptista, pero al parecer ninguna publicación argentina se interesó por una obra aún no santificada por las capillas europeas y sólo pudo enviar sus comentarios a agencias extranjeras que tampoco se interesaron demasiado quizá porque la pintura de Carmen Baptista no refleja lo que el colonialismo cultural europeo exige: folklore politizado. Aunque en definitiva eso es lo que la autora emprende a su modo, con la independencia y originalidad a que somos proclives en estas latitudes, donde no sólo actuamos según nuestra inspiración sino según nuestro condicionamiento.

En cuanto al director Antonio Eguino, sólo conocíamos su intervención como jefe de fotografía de *Sangre de cóndor*, la película de Jorge Sanginés estrenada en nuestro país hace algunos años.

La casual irrupción en un estudio fotográfico y las referencias de la escritora Silvia Mercedes Avila nos permitieron descubrir a un cineasta cuya autenticidad nos llenó de rubor ajeno por el cine propio que, pese a su mayor desahogo económico, sigue incapacitado de bajar de la calesita de lo picaresco y lo inverosímil acartonado.

Carmen Baptista cambió la guitarra por una caja de pinturas y la vocación musical por el profesionalismo en la plástica. Autodidacta y prolífica, se lanzó a componer una irreverente iconografía histórica, encuadrada en el género "ingenuo".

—¡Ay, cómo me criticaron! —recuerda Carmen, divertida—, dijeron qué pena qué pena, esa señora que antes pintaba tan bien, ahora desaprendió todo lo que sabía. Y miren qué horror lo que hacía antes, estas figuras románticas y melosas para ilustrar poesías de amor, vean qué espanto. Cuando me puse a pintar como ahora dijeron que ya no sabía dibujar y que me había arruinado completamente.

Es evidente que su ingenuidad no es facilismo sino un trabajoso y bien pensado encuentro con su propia estética. Desde hace un tiempo arremete con personajes históricos y los pone a vivir anacrónicas aventuras en el abigarrado marco de su tierra.

"¡Jesucristo, don Quijote y yo hemos sido los más insignes majaderos de este mundo!", dijo Simón Bolívar alguna vez. Esta frase parece haber inspirado profundamente a Carmen Baptista, pues ha lanzado a los tres majaderos a cabalgar por selvas y altiplanos, rodeados de fauna, flora y arquitectura graciosamente barrocas.

La pintora siente con razón que nuestra historia se cuenta con excesiva rigidez y que asusta el respeto inculcado desde la escuela primaria, que momifica a los próceres y paraliza la imaginación.

Es necesario rever la cultura histórica, ejercitar la libertad mental y la gimnasia del buen humor para humanizar a los héroes y recrearlos con pasión y ternura.

El Bolívar de los niños es un ejemplar librito editado por la Comisión de Educación y Cultura de Venezuela: páginas para leer y colorear. "Las ilustraciones del libro se deben a una pintora de un país latinoamericano donde Bolívar realizó labor fecunda: Bolivia. Carmen Baptista presenta un Bolívar diferente, su pintura es ingenua y por lo tanto comprensible para ustedes, está llena de luz, de color, de alegría. Es un arte sin sombras porque es un arte ingenuo y sabio."

En estas sencillas palabras dirigidas a los niños por la protagonista venezolana no sólo está definido el arte de Carmen Baptista sino su persona, que irradia luz, desparpajo, generosidad, y que disimula su sabiduría bajo una apariencia de charlatana libélula escarmentada de solemnes oquedades.

Trajina por una bellísima casa soleada como un invernadero, llena de objetos de toda época y toda índole, hablando y riendo sin parar y sin descender jamás, como su pintura, a la trivialidad ni al arabesco.

Le preguntamos si no se ha atrevido con el general San Martín, y se pone a tono, muy seria.

—Es que era muy austero, no le gustaban las pompas, los arcos triunfales, los bailes, las palmas, las condecoraciones. En cambio, Bolívar, ¿cómo decirles?, era como dado a la chacota y las grandes ornamentaciones.

Carmen Baptista posa en el jardín junto a una de sus jocosas invenciones: "Mi tatarabuelo el General antes del baile", acotando que no tuvo un tatarabuelo general pero que le divierte pensar que la gente supone que se trata de un antepasado de su marido. Cuenta cómo la adornó con auténticas condecoraciones heredadas, algunas de oro, que por supuesto fueron robadas, y otras que no son sino tapas de botellas o modestas insignias de propaganda. Su propia obra es causa de caudalosa diversión, y afortunadamente se contagia a algunos espectadores que mucho la necesitamos.

Las archicelebradas victorias de Bolívar y sus fastuosas entradas triunfales en las ciudades están minuciosamente detalladas en la serie que Carmen Baptista le dedica y que fue arrebatada por los compradores en las muestras que realizó en Caracas, donde residió durante muchos años.

En una crónica periodística alguien define a Carmen como "pintora de cholas gordas", y las vemos, ya no en los originales que melancólica pero esplendorosamente dice que ha vendido sino en una colección de postales, pósters e ilustraciones que la difunden en ambos países. No sólo sus cholas sino sus cholos y su "tatarabuelo" son grotescamente gordos, y resultan emparentados con otro genial pintor, el colombiano Fernando Botero.

—No es verdad que me dedique a pintar a la "chola gorda", sino que después de mucho investigar descubrí una gran ausencia de la mujer en nuestra iconografía. Y siempre la incluyo, tal como estuvo incluida en la historia, no sólo a la mujer anónima sino a la famosa, como la admirable y querida Manuela Sáenz, la "Libertadora del Libertador" (Bolívar, aclaramos). Y ahora estoy trabajando en una serie sobre Juana Azurduy, que debo exponer en julio; vaya cuánto trabajo, no sé si llegaré.

No dudamos de que llegará y tampoco dudamos de la seriedad del intento; lo atestigua la vasta colección de libros consultados antes de arremeter ("con tozudez germana") con sus —nuestros— personajes patricios.

La charla termina en medio de una inundación de papeles, colores, personajes ficticios y reales, como una hija medieval que pinta miniaturas junto a una ventana, dos perros exigentes, jaulas con oropéndolas, risas, comentarios sobre cultivo de flores, ires y venires, jugos de papaya y tallas coloniales. No todo es fácil en la vida de la parlanchina libélula altoperuano-germana, pero encontronazos con marchands y previsibles dificultades están atenuados por la noción de que su trabajo al fin y al cabo es libre e individual: un pintor no necesita más que de sus materiales y su talento.

No es tan sencillo acometer los molinos de viento de la producción cinematográfica, el trabajo en equipo y el hallazgo de las fortunas que presupone su decente realización.

Pasar del policromo invernadero Baptista a la Productora Cinematográfica Ukamau es como pasar de la selva al altiplano: entramos en el solemne mundo de los cactos, donde algunos florecen cada treinta años.

Dos hombres expresivos como pencas nos reciben. Imposible notar que entramos al fin y al cabo en el mundo de la farándula, ningún "olor a chantidad" lo traiciona, como sucedería en otras capitales más sureñas del continente. Son el guionista Oscar Soria y el director Antonio Eguino, en su austera oficina donde sólo los delata la exhibición de diplomas obtenidos en festivales de cine europeos y algún afiche de sus películas.

Uno, adosado a su máquina de escribir; el otro, de pie como una palmera peinada por el huracán. No se trata, ni mucho menos, de ninguna expresión inamistosa, es su modestia lo que nos confunde.

Se trata de dos seres que han atravesado el calvario de la producción cinematográfica y de él regresan como de la guerra, con caras de espectros y de misión cumplida, amén del heroico gesto que dice *volveremos*.

Oscar Soria, el guionista de casi todo el cine boliviano realizado hasta ahora, escaso pero serio, escribe sin pausa y se deja interrumpir con resignación.

La curiosidad por saber qué diablos escribe es natural, y una le pregunta si por casualidad comete teleteatros.

—No — responde expansivamente.

Quizá por eso, porque la vida le ha ahorrado una de las estaciones del vía crucis de autor, todavía es capaz de esbozar una sonrisa que, naturalmente, enseguida va a *dissolve* y corte.

Recabamos de Antonio Eguino la información (por supuesto adquirida en otra parte) de que su película *Chuquiago* tuvo una formidable aceptación popular.

—Sí —refirma como quien florece después de tres décadas de mutismo.

Y accede a añadir, forzado como tatú en la cueva, que su película duró trece semanas en cartel, cuando la mayoría no resiste más de dos o tres. Por suerte sabemos, por el informativo Baptista, que era conmovedor el espectáculo de las humildes gentes que hacían cola para verse retratadas y protagonistas.

Los taciturnos creadores gentilmente nos exhiben el filme y es imposible no conmoverse ante tanto talento, tanta verdad, tanta ternura. De implacable veracidad y falta de retórica, dan tanto una lección de cine como un poético testimonio de la vida paceña.

—Se trata de cuatro episodios que suceden en Chuquiago, nombre indígena de La Paz. En esta ciudad, cuanto más alto se vive geográficamente más bajo se está en el nivel social y viceversa. Cada historia corresponde a un nivel geográfico y los protagonistas representan cuatro modos de vida diferentes.

Realizado con economía de medios tanto monetarios como expresivos, por actores no profesionales en su mayoría, *Chuquiago* representa el mejor cine, el verdaderamente contemporáneo, el que en estas tierras deberíamos realizar y merecemos ver: el documento poético y veraz.

Como sucede con toda verdadera obra artística, fue grato reconocer la relación entre el filme y la realidad, en cada escena y cada esquina de La Paz, y profundizar el conocimiento de sus pobladores. Imposible no reconocer en aquel viejo "aparapita" (cargador del mercado) que lleva sobre sus lomos los más increíbles bártulos, el futuro del pequeño indígena protagonista de uno de los episodios. Imposible no recordar que el filme nos mostró algo de la vida casera de la chola comerciante, sólo entrevista en las calles abarrotadas de las más diversas mercaderías.

Le preguntamos a Antonio Eguino lo que él espontáneamente no contará: si está prevista la exhibición de *Chuquiago* en la Argentina.

—Sí —responde, dicharachero.

Acotamos que, a nuestro parecer, que es ancho pero no ajeno, no tendrá problemas con la censura porque la moral y las buenas costumbres, el sentido de familia, el uso del chador, digo, del poncho, en los actores de ambos sexos, la exaltación del trabajo honorable y la juventud estudiosa hacen del filme un material intocable para nuestros púdicos podadores.

Director y guionista comparten nuestro optimismo, y lo ilustran con su habitual poder de síntesis:

—La hicimos en la época de Banzer.

Está todo dicho.

Por ser autor del mejor cine, Antonio Eguino resulta uno de los pocos héroes de la gran patriada sudamericana. Cuando venga a traer su película, habría que recibirlo en Ezeiza como a Bolívar en Potosí. Arcos de palmas, salva de artillería, coros y, sobre todo, un ramillete de benevolencia de nuestros omnipotentes exhibidores.

Clarín, 20 de diciembre de 1979

¿Corrupción de menores?

No hay preguntas indiscretas. Indiscretas
son las respuestas.
OSCAR WILDE

VIVIMOS CONSUMIENDO PRECEPTOS y productos sin cuestionarlos, por temor a la indiscreción de las respuestas y porque es más seguro acatar rutinas que incurrir en singularidades. Un ejercicio de esclarecimiento podría empezar con estas discretísimas preguntas:

¿Educamos a nuestras niñas para que en el día de mañana (si lo hay) sean ociosas princesas del jet-set? ¿Las educamos para Heidis de almibarados bosques? ¿Las educamos para futuras cortesanas? ¿Las educamos para enanas mentales y superfluas "señoras gordas"?

Así parece, por lo menos en buena parte de la bendita clase media argentina, dada la aberrante insistencia con que se estimula el narcisismo y la coquetería de nuestras niñas y se les escamotea su participación en la realidad.

La nena suele gozar de una envidiable amnesia para repetir la tabla del cuatro junto con una no menos envidiable memoria para detallar el último capítulo del idilio de tal vedette con tal campeón o el menor frunce del penúltimo modelo de Carolina de Mónaco cuando salió a cazar mariposas en Taormina con su digno esposo.

Consentimos y aprobamos que sea maniática consumidora de

chafalonía, vestimenta, basura impresa y todo lo que, en fin, represente moda y no verdad. Consentimos que acuda al espejito más neuróticamente que la madrastra de Blancanieves, que sea experta en cosmética, teleteatros y publicidad, que exija chatarra importada o que calce imposibles zuecos para denuedo de traumatólogos.

Formamos una personalidad melindrosa cortando de raíz —porque todo empieza desde el nacimiento— la sensibilidad o el interés que podría sentir por la variada riqueza del universo.

—Es el instinto femenino —dicen algunos psicólogos de calesita.

Eso me recuerda una anécdota. El director de una compañía grabadora estaba un día ocupado en comprobar cuántas veces se pasaba determinado disco por la radio.

—¡Qué bien, qué éxito, cómo gusta, cómo lo difunden a cada rato! —aplaudió entusiasmado. Y después agregó:— Claro que hay que ver la cantidad de plata que invertimos en la difusión radial de este tema...

Nosotros también programamos a nuestras niñas como a ese eterno infante que es el público. Les insuflamos manías e intereses adultos, les subvencionamos la trivialidad y luego atribuimos el resultado a su constitución biológica.

Las jugueterías, en vidrieras separadas, ofrecen distintos juguetes para niñas y para varones. En Estados Unidos, no hace muchos años los lugares públicos estaban igualmente divididos "para gente de color" y "para blancos". ¡Dividir para reinar!

A las nenas sólo se les ofrece —o se les impone— juguetería doméstica: ajuares, lavarropas, cocinas, aspiradoras, accesorios de belleza o peluquería.

Si con esto se trata de reforzar las inclinaciones domésticas que trae desde la cuna, ¿por qué no orientarla también hacia la carpintería o la plomería? ¿Acaso no son actividades hogareñas indispensables? Sí, lo son, pero remuneradas. He aquí una respuesta indiscreta.

Los juguetes para varones sortean la monotonía y ofrecen toda la gama de posibilidades humanas y extraterrestres: granjas, tren eléctrico, robots, microscopio, telescopio, equipos de química y electrónica, autos, juegos de ingenio y todo lo que, en fin, estimula las facultades mentales.

¿A la nena no le gustan los animales de granja ni los trenes? ¿No sueña con manejar un coche? ¿No siente curiosidad por el microcosmos o el espacio? ¡Cómo la va a sentir si es cosa de la otra vidriera, la de Gran Jefe Toro Sentado Blanco!

¿Es que el ejercicio de la razón y la imaginación pueden llevarla a la larga a desistir de ser una criatura dependiente y limitada, mano de obra gratuita y personaje ornamental? La respuesta es sumamente indiscreta.

En la casa y la escuela destinamos a la nena a reiterar las más obvias y desabridas manualidades, a remedar las tareas maternas... y a practicar la maledicencia a propósito de indumentaria vecinal.

La nena vive rodeada de dudosos arquetipos y la forzamos a emularlos, comprándole la diadema de la Mujer Maravilla o el manto de cualquier otra maravilla femenil. No falta tío que ponga en sus manos un ejemplar de *Cómo ser bella y coqueta,* otro espejito más o la centésima muñeca.

Salvo raras excepciones como *Reportajes supersónicos* de Syria Poletti, cuya heroína es una pequeña periodista, el papel impreso que suele frecuentar la nena —incluido el libro de lectura— le muestra a mujeres que, en la más alta cima del intelecto, son maestras. Las demás, aparte de consabidas hadas y brujas, son siempre domadas princesas o abotargadas amas de casas.

La nena sabe, por las revistas que devora como una leona, que en este mundo no hay mujeres dedicadas a las más diversas tareas, por necesidad o por ganas. Lo que es más grave y contradictorio, le enseñan a soslayar el hecho de que su propia madre trabaja afuera o estudia, como si éste no fuera modelo apropiado dada su excentricidad. Jamás vio —y si lo vio mojó el dedo y pasó la página— que hay mujeres obreras, pilotos, juezas o estadistas. Es tan avaro el espacio que los medios les dedican, ocupados como están en la promoción de Miss Tal o la siempre recordable Cristina Onassis.

Educar para el ocio, la servidumbre y la trivialidad, ¿no significa corromper la sagrada potencia del ser humano?

Por suerte, esta criatura vestida de rosa (no faltará quien diga, confundiendo otra vez causas con efectos, que las nenas nacen de rosa y los varones de celeste, cuando este negocio de los colores distintivos fue invento de una partera italiana, allá por 1919), esta criatura, digo, es fuerte y rebelde, dotada de una capacidad de supervivencia extraordinaria. La nena, en muchos casos, renegará de la manipulación y decidirá ser una persona. Pero ¿quién puede medir la dificultad de la contramarcha y la energía desperdiciada en librarse de tanta tilinguería adulta?

Mientras modelan a la pequeña odalisca remilgada, el tiempo pasa y llega la hora de la pubertad. Entonces los adultos se alarman porque la nena asusta con precoces aspavientos sexuales y emprende calamitosamente los estudios secundarios. Terminó los primarios como pudo, entre espejitos, telenovelas, chismografía y exhibicionismo fomentados y aprobados, pero al trasponer la pubertad se le reprocha todo esto y empieza a hacerse acreedora al desprecio que la banalidad inspira a quienes mejor la imponen y más caro la venden.

Los mayores ponen el grito en el cielo porque la nena no da señales de ir a transformarse en una Alfonsina Storni. Ahí empieza a tallar el prestigio de la cultura —desmesurado porque se trata de otra forma del culto al exitismo individual— y florece una tardía sospecha de que la nena no fue educada razonablemente. Cuando las papas queman, esos pobres padres de clase media argentina comprenden por fin que no son Grace y Rainiero y que la tierra que pisan no es Disneylandia.

En ese preciso momento aparece también el espantajo de la TV, esa culpable de todo. ¿Y quién delegó en ella las tareas de institutriz? La mediocridad de la TV no hace sino colaborar en la fabricación en série de ciudadanas despistadas.

No se trata de reavivar severidades conventuales ni se trata de desvalorizar el trabajo doméstico ni inquietudes que, mejor orientadas, podrían ser simplemente estéticas. No se trata tampoco de mudarse de vidriera para suponer, por ejemplo, que el automovilismo es más meritorio que el arte culinario, o la cursilería más despreciable que el matonismo.

Toda criatura humana debe aprender a bastarse y cooperar en el trabajo hogareño y a cuidar, si quiere, su apariencia. Lo grave consiste en convencer a la criatura femenina de que el mundo termina allí.

Se trata de comprender que la niña no tiene opción, que es inducida compulsivamente a la frivolidad y la dependencia, que por tradición se le practica un lavado de cerebro que le impide elegir otra conducta y alimentar otros intereses.

La frivolidad no es un defecto truculento que merezca anatemas al estilo cuáquero o musulmán. Lo truculento consiste en hacerle creer a alguien que ése es su único destino, incompatible con el uso de la inteligencia. Lo grave consiste en confundir un espontáneo juego imitativo de la madre con una fatalidad excluyente de otras funciones.

A la nena no se le permite formar su personalidad libremente: se la dan toda hecha, y aprendices de jíbaros le reducen el cerebro para luego convencerla de que nació reducida. La instigan a practicar un desenfrenado culto de las apariencias y a desdeñar su propia y diversa riqueza humana. La recortan y pegan para luego culparla porque es una figurita. La educan, en fin, para pequeña cortesana de un mundo en liquidación.

¿No es eso corrupción de menores?

Clarín, 5 de abril de 1979

Infancia y bibliofobia

LA VIDA SIN ESTADÍSTICAS equivale al Paraíso. La amarga manzana de los números nos destierra a la realidad. Según ella, casi el 80% de nuestros niños carece del hábito de la lectura.

Por suerte, la noticia fue olvidada bajo la avalancha de novedades apocalípticas que siguieron.

En la barriada de Villa Freud —meridiano de las inquietudes culturales porteñas— vecinos hubo que mesáronse los cabellos y pusieron el grito en el cielo de ascensores y pasillos. Después de algunas sesiones suplementarias de terapia y de culpar debidamente a la TV, todo siguió igual, con la calma que sucede a las catástrofes.

Sería oportuno preguntarse si alguna vez existieron niños lectores, y si al adulto le importa que contraigan tan impertinente vicio, a contramano del mundo en que vivimos.

El problema poco tiene que ver con los chicos. El problema consiste en que nuestra sociedad aborrece la cultura, y lo disimula aparentando reverencia por los intelectuales y la Feria del Libro.

El modesto gueto de los lectores sobrevive penosamente a las diversas agresiones que procuran su aniquilamiento. La agresión de las clases mandantes, que mantienen a oscuras a sus subordinados porque todo lector es un disidente en potencia. La de grupos que, de manera ancestral, desconfían del libro (o Código) y de la persona "leída" como causante de sus desdichas. El lema "Alpargatas sí, libros no" sigue vigente, sustituibles las honradas alpargatas por Adidas y botas. La fase sintetiza nuestra imbatible irracionalidad: siempre la opción, jamás la suma.

Además de estas enemistades, hay que enfrentar la peor: la artillería industrial que procura reemplazar el libro por cualquier bazofia impresa de venta fácil y compulsiva.

Los niños lectores fueron siempre un minúsculo reducto de "raros". No abundaban en la era pretelevisiva, casi diría que escaseaban más que hoy, cuando los estímulos abundan gracias a un natural progreso económico y social, y pese a él.

El niño lector, lamento decirlo, no puede surgir sino de una casa donde haya libros y se usen. No importa qué libros: recetarios, novelones, tratados, enciclopedias. Pero libros. Y que los mayores los devoren, manoseen, presten y comenten.

En otras épocas y latitudes, en toda casa había por lo menos uno: la Biblia, y solía leerse en familia. Con él bastaba y sobraba. Habrá quien diga que no es lectura para menores. En ese caso, que cambie a Sansón por el Increíble Hulk, y todos felices.

Si a nuestra sociedad le preocupara en serio el hábito de la lectura en los chicos, procuraría no seguir fomentando la existencia de madres ignorantes. A la mujer se la disuade firmemente, por todos los medios, de cultivarse en profundidad. Pocos serán los hijos acostumbrados a ver —e imitar— a su santa madre dedicada a la lectura, a respetar lo que significan concentración, paciencia y soledad.

Los vecinos de Villa Freud, fervorosos del prestigio cultural, epidérmicamente aspiran a que el nene resulte un elegido de las musas. Pero suelen descuidar el largo trecho que debe recorrer hasta devenir intelectual laureado, digno de almorzar con Mirtha Legrand.

La discriminación sexual todo lo degenera. Un varón que prefiere leer a patear una pelota puede resultar sospechoso de afeminamiento y hasta se teme por su salud. A una nena entusiasmada con una novela se le sugerirá que "no se quede tanto tiempo sentada sin hacer nada (sic), que ayude en las tareas domésticas", etcétera.

Por otra parte, los adultos justifican la falta de tiempo de sus niños, agobiados por una intensísima vida social: unos cinco cumpleaños semanales con disc-jockeys y luces sicodélicas, salidas a comprar la ropa de moda esa quincena, cines, teatros y compromisos diversos en quintas, campos de deportes, confiterías y otras intoxicaciones.

Esta vida social no parece destinada al intercambio de afectos sino a la afirmación del status de los padres. Aturdimiento y frivolidad no son invenciones infantiles sino males adquiridos por contagio o herencia. Los niños, como dice Bachelard, necesitan "aburrirse" en su sentido creativo, pero casi nunca lo consiguen, ocupados como están en representar sus papeles para que sus padres no hagan papelones.

En la otra punta del ovillo figura la deserción escolar de menores obligados a trabajar, pero desconocemos la estadística, por lo tanto no existen y seguimos en Villa Freud.

Los adultos dicen también que no tienen tiempo para leer. Eso sí, lo dicen con tono culposo y hacen bien porque el *doble mensaje* es claro y canallesco: los que tenemos tiempo para leer somos vagos, ociosos y mal entretenidos, como Juan Moreira.

Sin embargo, poca gente hay tan cruelmente ocupada como los lectores. En su mayoría sufren de pluriempleo y maratón laboral, porque justamente ese hábito, entre otros, les ha impedido labrarse un presente justipreciable en dólares y generador de perpetua vacación.

Inútil sería agregar que las llamadas clases ociosas o del jet-set dudosamente abrieron un libro en sus vidas, salvo quizás el de sus propias memorias escritas por alguien de la servidumbre.

Nuestra sociedad aborrece el libro, sí. No es la TV su enemiga natural, como si se tratara de un aparato autocomandado. La sociedad expresa su aborrecimiento a través de medios como la TV, que es algo muy distinto. El libro y los medios de difusión no tendrían por qué ser antagónicos sino complementarios. Pero la ausencia de política cultural, que fomenta la disyuntiva, está llena de significado y no de distracción o ineficiencia.

Las raras veces que en TV se representa a un personaje lector, se lo ridiculiza y convierte en el "traga", el idiota de la familia. Los anteojos suelen usarse como símbolo de torpeza. ¡Hasta Leonardo da Vinci fue telebiografiado en permanente actitud de papar moscas, sin abrir jamás un libro!

Algunas madres sinceramente preocupadas porque sus hijos no leen, transfieren el problema hacia la elección de lecturas. Las más avispadas consultan a asesores de determinadas editoriales... que por cierto les recomiendan los libros editados por el patroncito.

Aunque los consejos fastidian, y en este caso especialmente a la consejera, les diría que empezaran por ellas, las madres, si aún no lo hacen. O que recuperaran tan grato vicio si lo perdieron, y que los platos los lave Magoya.

En segundo lugar, que los chicos deben leer de todo, siempre que lo entiendan y les guste, porque la lectura es placer y no obligación.

Personas archilectoras y supercultas están de acuerdo en que uno se pasa la vida aprendiendo a elegir, y que el llamado *gusto* o acierto de la madurez puede emanar de una afición infantil por libros de dudoso mérito. Pero libros.

Si la madre no lee puede al menos evitar que sus hijos se contaminen hasta el hueso de la espesa bibliofobia reinante.

Por ejemplo, el mes de marzo trae un vendaval de quejas a Villa Freud. Regresan todos de distintos lugares del planeta, cargados con los más insensatos productos. Y de pronto ¡hay que comprar los libros para la escuela, que están, naturalmente, carísimos (mucho más que los marfiles en Sudáfrica o la porcelana en Miami) y esa loca de la maestra que se los exige a los chicos!

El nene, de paso cañazo, aprende a detestar a los dos máximos agentes de tortura, según sus mayores: la maestra —que generalmente es loca— y el libro —que siempre es carísimo. Y así el nene se va integrando sin desajustes en una comunidad que sólo venera la guerra, el deporte, la propiedad y la velocidad.

A todo esto, en las antípodas de Villa Freud, el changuito seguirá preguntándose: "¿Qué cosa sabrá ser un libro?". Si alguien le contara en qué consiste una biblioteca infantil (en Dinamarca, por ejemplo) escucharía fascinado la fábula marciana. Fábula agonizante, por otra parte, porque ya estamos en el reino de los gabinetes de lectura con computadoras, pantallas, microfilmes, etcétera.

El niño lector es un bicho raro, y a la familia nadie le enseña a cultivarlo sin aprensión. El pequeño corre el riesgo de ser alguien "feliz en palabras, por lo tanto desdichado en hechos" (Bachelard).

Primero Proust y luego Victoria Ocampo celebraron los recuerdos unidos a lugares de lectura: patios, jardines, espacios que, si hoy escasean, podrían ser reemplazados por ese segundo hogar de las bibliotecas ¡ay! ausentes como la paz del alma e indeseadas como la música clásica.

La lectura no da plata, no da prestigio, no es canjeable, no sirve para nada. Es una manera de vivir, y los que de esa manera vivimos querríamos inculcarla en el niño y contagiarla al prójimo, como buenos viciosos.

Nada quisimos ganar con la lectura, sino seguir leyendo. Sólo aspiramos a no morir antes de llegar al final de *Los miserables*. Por ese hábito perdimos trenes, empleos, novios, concursos, status, ascensos y días de sol.

Nos hicimos niños en *La cabaña del Tío Tom* y adolescentes con un implacable padre llamado Martínez Estrada, que nos enseñó que Dios no es argentino.

Preferimos el oprobio antes que abandonar a mitad de camino a la heredera de Washington Square o traicionar a Iván Karamazov. Nos hicimos mujeres con Simone de Beauvoir, y hombres enganchándonos en los barcos de Conrad.

Ahora, cuando intercambiamos en el gueto páginas y comentarios, con la secreta ansiedad de los conspiradores, somos felices, pero melancólicamente pocos. Querríamos que los niños nos acompañaran, emularan y compartieran esa dicha, esa fatalidad, ese desinterés.

¡Pobres grandotes zonzos y pobres niños de cabecitas reducidas!

Clarín, 5 de junio de 1980

Sepa por qué usted es machista

1. Porque le falta el principal de los sentidos: el del humor.
2. Porque se siente Dios, aunque no sea ministro.
3. Porque cree todo lo que le dicen los medios (o miedos) de difusión de la Argentina actual, y ya tiene el cerebro más lavado que mate cebado por un polaco.
4. Porque su mamá es una santa, por lo tanto las demás mujeres son unas brujas.
5. Porque su mamá es una bruja, por lo tanto las demás mujeres también.
6. Porque no tiene mamá y no consigue quien lo mime.
7. Porque en realidad le gustan más los hombres, aunque no ejerza.
8. Porque quiere hacer mérito ante los centros de poder, exclusivamente masculinos: empresariado, Fuerzas Armadas, animadores de TV, deporte, sindicatos, clero, pompas fúnebres, etcétera.
9. Porque todo ese asunto de la gestación y el parto le da miedo y asquete, como la educación sexual al ministro de Educación.
10. Porque usted tiene los mismos atributos de Woody Allen pero no le dan el mismo resultado.

11. Porque no soporta la idea de un rechazo sexual hacia usted o hacia otro, y cree que la bella siempre debe estar a disposición de la bestia

12. Porque usted no vive en el presente (y para eso lo ayudan mucho) sino en la prehistoria mental, y se da manija con tangos del 40.

13. Porque usted es un burro y en lugar de corregirlo con tiempo y esfuerzo lo disimula con agresividad.

14. Porque usted es culto pero culturiza fuera de la maceta, y leyó a Julián Marías y no a Simone de Beauvoir.

15. Porque en el fondo es antisemita, antinegro, antiobrero, antijoven, pero como eso ya no corre se desquita con la misoginia, que aquí y ahora viene con premio (pero no se descuide: por poco tiempo más).

16. Porque usted ama el orden por sobre todo, y cada cosa en su lugar: las mujeres en la cocina (o en cueros en tapas de revistas), y Pinochet, Castro y García Meza en el poder.

17. Porque cree que la inepcia es cuestión de sexo, que es como creer en la cigüeña o en elecciones inminentes.

18. Porque teme que las mujeres hagamos rancho aparte, y no piensa que son los hombres quienes lo inventaron y perpetúan. (Ver punto 8.)

19. Porque supone que la mujer quiere imitar al varón, y no sabe que antes muerta que imitar a semejante fabricante de desastres, desde la guerra atómica hasta el IVA.

20. Porque le gusta que al mundo lo manejan los colectiveros.

21. Porque tiene mucha paciencia para dejarse pisar la cabeza por cualquier matón y muy poca para comprender errores de mujeres, que al fin y al cabo son, históricamente, debutantes en la mayoría de las profesiones.

22. Porque teme que las mujeres "pierdan la femineidad", cosa imposible de perder, salvo que usted llame así a cosméticos y pilchas.

23. Porque usted teme que le roben algo y no sabe bien qué, a

pesar de que a diario lo saqueen y basureen, y no precisamente las mujeres.

24. Porque es sincero, y vale más machista recuperable que "feminista" patrocinante como un papito que a las pretensiones femeninas dice que sí PERO...

Ahora ya sabe. Con estos 24 puntos usted ahorra años y fortunas en psicoanálisis. Usted puede ser hombre o mujer, el machismo tampoco es cuestión de genes: poca gente más machista que algunas mujeres, sólo que ellas lo son por instinto de conservación, por despiste, por imitar a los hombres, por comodidad o porque así las dejan hablar por TV.

Usted también lo es por todas estas razones pero además porque se cree superiorcito: hace unos 10.000 años que le pasan el aviso y claro, usted sigue comprando un producto inexistente.

Ahora puede seguir siendo machista, pero con apoyo logístico. No se trata tampoco de ejercer la represión desde estas páginas. Es posible que la perseverancia le acarree aplausos y sensación de deber cumplido, amén de las palmadas de la patota.

Pero ojo que no hay premio mayor que saberse persona inteligente y civilizada. Si no opta por eso, estará contribuyendo a la contaminación mental, que es la que nos mata. Y no la humedad.

Estará inflando la maquinaria del prejuicio y la prepotencia y al fin se va a quedar solo como un ciempiés, de luto, convertido en Drácula de utilería y en hazmerreír de las criaturas primaverales.

Humor, 1980

Argentinos sin alma

NACION: *Sociedad natural de hombres a los que la unidad de territorio, de origen, de historia, de lengua y de cultura, inclina a la comunidad de vida y crea conciencia de un destino común.*

PEQUEÑO LAROUSSE ILUSTRADO

NOS ESTAMOS QUEDANDO sin alma. No se trata de una fantasía apocalíptica sino de algo más sencillo. Se trata del alma que canta.

Toda alma nacional que se precie se expresa con letra y música. Pueden ser murmuradas o altisonantes, o sólo sílabas y tam tam, pero letras y músicas al fin, que "inclinan a la comunidad de vida y crean conciencia de un destino común", aunque' sus autores no suelen proponerse metas tan ambiciosas.

Pueden las canciones desafinar o ser banales, pero mientras nazcan y se expandan según capricho de sus autores y libre elección de sus oidores, allí estarán retratando parte del alma de un pueblo real, y un preciso momento histórico de esa comunidad de vida.

Nos libre el cielo de invocar nacionalismos aberrantes y marginarnos aún más del concierto universal. Nuestra cultura se asienta sobre una saludable absorción de lo extranjero, y ojalá nunca nos encerremos en un frasquito, como el muestrario de tierras provincianas. Pero...

Vivimos cuestionando nuestra falta de identidad, y quizá no sabemos quiénes somos, pero el gesto de sintonizar la radio al menos de algo nos cerciora: somos extranjeros. Hemos sido desterrados de lugar y tiempo. No somos nada, en fin.

"La patria de un hombre es su idioma", dice José Donoso. Y esto me recuerda que, el pasado 9 de julio, los canales de TV transmitieron el *Himno Nacional* sin letra. ¿Se habrá descubierto que don Vicente López y Planes es objetable, o es que ya no podemos escuchar ni el *Himno* en nuestro idioma?

En los medios de difusión, los pocos que siguen cantando en nuestra lengua nos remiten al pasado. No está mal, claro, fomentar la vigencia de los "clásicos", lo grave es que parece un procedimiento intencionado y excluyente: después de ellos no hay nada, o casi nada. Y así los zombis de las ondas nos van robando el alma y suele suceder que, inmovilizados ante el receptor, nos preguntemos: ¿Seré un cuerpo en pena?

Casi la única expresión propia filtrada en los medios es la que refleja antiguos esplendores: un mundo de padres y abuelos, de hijos nonatos o inexistentes. Reflotamos lo que hicimos cincuenta años atrás, cuando éramos contemporáneos. Es decir, cuando autores e intérpretes narraban su presente, que no es el nuestro, como astutamente deduciría Aristóteles.

La manipulación de un público "sin conciencia de un destino común" gracias a la arbitrariedad (por así llamarla) de los programadores, petrifica la rutina de muchos intérpretes: saben que si no repiten moldes gastados se harán acreedores a mayor segregación, si cabe. Es posible suponer que en muchos casos se "fabrican" y promueven malos intérpretes para producir rechazo contra todo lo que tenga características locales.

En esa idealizada era de nuestros mayores los vehículos naturales de la música popular eran, como ahora, grabadoras extranjeras y radios. ¿Han cambiado ellas o hemos cambiado de país?

Una impuesta nostalgia —sumada al Mundial de la frivolidad y el libertinaje censor— determina hasta dónde se nos prohíbe ser nosotros mismos. Y cantarnos en nuestro idioma, que es una modesta manera de definir aquella identidad tan discutida.

En materia de música popular resulta optimista decir que estamos "extranjerizados". La colonización cultural tiene su categoría y suele producir resultados nada despreciables, como la música afronorteamericana o nuestro propio folklore anónimo. ¿Y qué son sino el tango, el rock o la chamarrita, todas formas que alguna vez se crearon aquí en legítima aclimatación de especies ajenas?

Esto que sucede ahora no es colonización sino liquidación cultural, porque el invasor (inversor) no propone —salvo exóticas excepciones— modelos emulables por su calidad, sino que impone muestras residuales de una mercadería amorfa ante la que no queda más derecho a réplica que el silencio, es decir, otra vez la gala mortuoria.

En el Brasil —remanido ejemplo pero no por eso menos ejemplar— se transmite casi exclusivamente música brasileña. Entre otras cosas, porque se protege la industria musical nativa mediante la exención de impuestos y otros beneficios, de modo que discográficas y negocios anexos no han fallecido como los nuestros. No por eso los brasileños serán mejores gentes (¿o sí?), pero sin duda son más ellos mismos, y no resultan espiritualmente enajenados por la fuerza.

En nuestro ambiente artístico circula un latiguillo: "El problema es la falta de autores, no hay renovación...".

¿Y quién la prohíbe sino esos mismos dómines asalariados que la sentencian?

"El problema" se nos plantea en pleno rostro a los que mal que bien algo hicimos en la materia... y quizá seguiríamos haciendo si el papirotazo no nos diera la Pálida hasta enmudecer...

Quizá no hayamos autores, quizá no vuelva a haberlos mientras sus canales de difusión estén bloqueados por sonidos que vienen prefabricados y envasados del exterior. Un autor no surge sino del estímulo, no crea para guardar sus papeles en un cajón, como podría hacerlo un poeta o un filósofo. Un autor echa a rodar objetos vivos, para su consumo inmediato y ojalá perdurable.

"Nadie quiere cantar mis nuevos temas, me dan por muerto,

sólo se interesan por lo que compuse hace cuarenta años..." Estas palabras no fueron pronunciadas públicamente por un autorejo resentido sino por el ilustre Enrique Cadícamo. ¡Qué podría decir el joven incipiente o el maduro interrumpido!

La impolítica cultural reinante cierra el paso a toda posibilidad de renovación, y eso nos proporciona otra certeza para agregar a nuestra indecisa identidad. De algo podemos estar seguros: no debemos ser contemporáneos.

Nunca es mal momento para denunciar las distintas variantes del robo. El patrimonio cultural es uno solo, aunque aquí nos preocupe especialmente la música popular en nuestro idioma. También se nos despoja de la herencia universal, al condenarnos a escuchar música clásica sólo en días de duelo (y ya ni eso, porque las grabadoras la han reemplazado por Clayderman en los últimos óbitos).

En cuanto a los parias compatriotas que componen música culta, pese a sus glorias cosechadas en el exterior, podrían exhibir un lujoso certificado de defunción en vida paralelo al diploma del Conservatorio.

Hace poco se reunieron en un país de América representantes de todas las compañías discográficas y al parecer allí decidieron cuál será la música que fatalmente deberemos consumir durante la próxima década.

¡Será muy útil, mientras tanto, seguir discutiendo obviedades tales como si lo que hace Fulano es tango o no es tango, si hay un rock que pueda llamarse nacional, o si tal autor escribió una palabra objetable! ¡Con qué comodidad nos seguirán devorando los de afuera!

Tomar con resignación este copamiento de nuestra geografía espiritual no es sólo poco ético sino bastante paradójico, puesto que a diario se nos inculca fe en valores espirituales y se nos arma paladines contra todo tipo de materialismo.

Las soluciones coercitivas —ingenuos festivales nativistas o "música obligatoria", pongamos por caso— no parecerían las más apropiadas. En cuanto a la buena voluntad de los organizadores de concursos, no hacen más que tapar con el dedo el agujero en el fondo del barco inundado.

Un principio de solución residiría en crear una política económico-cultural semejante a la brasileña en este asunto, y la apertura total e incondicionada de todas las compuertas que cierran el paso a la creación, difusión, promoción y venta de la música popular de cualquier género que en esta tierra se produjera. Y que sus programadores demostraran la misma idoneidad y decencia requeridas a un chapista o una enfermera.

Mientras tanto, los ciudadanos dispuestos a defender nuestras fronteras físicas nada hacen para detener la invasión de los bárbaros que avanza por las ondas y arrasa con ese famoso "estilo de vida argentino" que tan altivamente queremos preservar.

Clarín, 7 de octubre de 1980

La Feria del Libro
o La Casada Infiel

LA FERIA ERA UNA FIESTA, pero ya no es la misma margarita. La aventura de autores y editores fue gradualmente copada hasta transformarse en un pomposo aparato oficial, triunfante de marchas militares y mustias conmemoraciones.

En fin, que *cuando la llevamos al río creímos que era mozuela pero tenía marido.** La Feria se casó con el gobierno tras una serie de pases mágicos que por lo menos merecen el homenaje de la perplejidad.

Los escritores, fantasmales o proscriptos para los gobernantes de toda época, se convierten durante dos semanas en protagonistas de un evento que sirve, como el Carnaval, para disimular la miseria cotidiana: la atrofia de nuestra cultura, que apesta a cucaracha parroquial, a catecismo soviético, a cartilla de *boy scouts*.

Asumir la fantasmalidad y profundizar la ausencia pueden ser recatadas maneras de manifestar disenso.

Sería útil intentar un balance de los bienes que los contrayentes han intercambiado en la boda ferial, y ante la falta de información nos limitaremos a lanzar preguntas al viento, a imitar a

---

* Federico García Lorca: *La casada infiel.*

tantos poetas que se pasaron la vida interrogando al divinísimo botón:

"...Cuando el amor se olvida, ¿sabes tú adónde va?" ¿Adónde fueron a parar las sumas recaudadas en entradas? "¿Tantos millones de hombres hablaremos inglés?" ¿Por qué es tan caro el alquiler de stands? "¿Dónde están las nieves de antaño?" ¿Por qué se invita antes al Presidente que a Olga Orozco? "Los Infantes de Aragón, ¿qué se fizieron?" ¿Cuántas bibliotecas escolares podrían equiparse con los $ 130 millones destinados a una carabela de cartón? "A sus habitantes, Señor, ¿qué les pasa?" ¿Por qué el público es obsequiado con tantas incomodidades?

Resulta difícil entender por qué la Feria es "de interés nacional" y no la industria que la sustenta, para la que por otra parte sería temerario solicitar una protección condicionada.

Este "interés" se contradice el año entero a través de la política cultural y educativa reinante, que es sólo comparable al naufragio del Cap Arcona. Ignoramos si el ministro de Educación concurrirá para cerrar algún libro que hubiere quedado abierto, o en su carácter de personaje de novela de ciencia ficción.

La Feria ofrece al contrayente un éxito económico y un prestigio intelectual muy útiles para mejorar la sacrosanta "imagen del país en el exterior" que nadie mejor que nosotros mismos deteriora a fuerza de papelones. Vende también la ilusión de que no hay autores disidentes o que no hemos sido sancionados.

¿En qué medida corresponde el Estado a estos beneficios? ¿Qué significan para él los autores durante el resto del año? Omito el tema de los premios literarios, por pudor. Pero la pensión derivada de los máximos galardones asciende, como se sabe, a $ 80.000 mensuales. No digo que esté mal, sólo me atrevería a pedir reciprocidad: que los escribas estipulemos las jubilaciones de los máximos funcionarios del Estado. Quiero creer que seríamos un poco más generosos, sobre todo teniendo en cuenta que se trata de dineros públicos.

En asuntos monetarios el argumento no varía: el Estado jamás tiene fondos para la cultura. Repliquemos con una frase de Ezra Pound, perito en finanzas como todos los poetas (si no lo fueran, pocos habrían sobrevivido): "Decir que el Estado no puede hacer algo por falta de dinero es tan ridículo como decir que no puede construir carreteras por falta de kilómetros".

Sería impertinente suponer que mendigamos prebendas, pero sólo algunos actos de justicia retributiva, siempre que no recorten la libertad del destinatario, suelen testimoniar la preocupación de un gobierno por sus intelectuales.

No es el momento de reclamar premios, dádivas, cargos diplomáticos ni reapertura del Fondo Nacional de las Artes. Se trataría más bien de recordar otra famosa frase: "No quiero que me den una mano, quiero que me saquen las manos de encima".

Por ejemplo, esa mano de nieve que instaló una computadora en la Feria "para mejor atención del público" y que al parecer cumple otro cometido: el de someter previamente a los servicios de inteligencia las listas de autores y libros réprobos o elegidos. Agradeceríamos que esto no fuera verdad.

Si lo es, no critico tan higiénica precaución, sólo que allí también sería deseable la reciprocidad. Que los autores decidiéramos, por computadora o a dedo, qué funcionarios merecen seguir en circulación y cuál debería ser el tenor de sus discursos. Ojo por ojo y lista por lista. Aunque, civilizadamente, prefiramos y esperemos diálogo por diálogo.

Al parecer el trámite es innecesario: editores y distribuidores gozan de tan bien aceitada autocensura que se cuidan como de la enuresis de distribuir libros que pudieran ser considerados (¿por quién?) *non sanctos*.

La Feria, boda mediante, es un chato festival de los mismos *best-sellers* que saturan librerías y comentarios durante todo el año y que ni siquiera ofrecen al comprador la ventaja de un apreciable descuento. Al ser oficializada, de ella está ausente toda osadía técnica o espiritual, se mantiene ajena a discusiones y proyectos. Las conmemoraciones no son nocivas sino en la medida que obstruyen la noción de realidad y de futuro. Todo trasunta una compulsión a hacer buena letra según las normas difundidas hasta el lavado de cerebro por los medios de difusión, que procuran retrotraernos al limbo, o a Murcia en 1940. El público, que ha convertido a un simple mercado en un acontecimiento social inédito en el mundo, merece ser avisado del fraude y del atraso en los que se pretende encapsularlo, aislándolo de la cultura contemporánea.

Procuro ser monolíticamente solidaria con el gremio plumífero y lamentaría mucho que se supusiera que me erijo en dómine (¡como si nos escasearan!) y cuestiono su adhesión a la Feria. Ganaron y merecen ese oasis de confraternidad y no es mi propósito resultar aguafiestas (¡como si nos faltaran!) sino compartir dudas acerca de uno de los pocos asuntos públicos que nos concierne entrañablemente pero cuyos avatares se deciden a nuestras espaldas. Podría afirmar que prácticamente ningún escritor apreciable tiene injerencia en la organización ni en las características de una Feria de la que al fin y al cabo es dueño.

Resumiendo: ¡voto por la privatización de la Feria del Libro!

Sólo sobre la base de una total libertad de expresión y circulación de obras, ideas y autores, puede aceptarse un pacto "de interés nacional". El apoyo popular hace innecesaria la búsqueda de protección económica que, por otra parte y hasta que se demuestre lo contrario, el gobierno no ofrece. De modo que la Feria, como la costurerita, dio el paso sin necesidad. La mutua conveniencia será digna sólo cuando la actual "apertura" se transforme en lo que debe ser: no una paulatina extensión de permisos sino el respeto de la autonomía intelectual, sin pretextos ni condicionamientos.

No es que piense que la Feria debió mantenerse intransigentemente soltera. Pudo casarse con el Regimiento de Granaderos, porque esos soldados acarrearon los cajones de libros —y no precisamente de autores conformistas— que acompañaron a San Martín en todos sus viajes y campañas.

Libros que inspiraron nuestra emancipación y cuyos equivalentes actuales serían hoy vetados. El fundador del Regimiento, y de la Patria, no se entretuvo en cerrar universidades sino en abrir bibliotecas... costeándolas con su propio sueldo.

Digamos que la frase pronunciada por el oportuno colega Fernando de Elizalde, años antes de este Proceso: "Los escritores somos un clavel en el ojal del gobierno", resultaría apropiado lema para esta 6ª Feria. No es en sí reprobable, sólo que algunos preferiremos, hasta que aclare, pernoctar discretamente en un florero.

Digamos que el día de mañana mis nietos puedan preguntarme: "Pero cómo, ¿no te enteraste entonces de que la Feria se había casado con el gobierno", y yo deba responder: "Ay no, fijáte que estaba tan ocupada firmando libros que no me enteré, creí que seguía siendo mozuela".

Estos despistes se suelen pagar muy caros, y el día menos pensado uno somatiza mortalmente en esa parte de su ser llamada conciencia.

*¿Callaremos ahora para llorar después?**

Por ejemplo a la hora del Juicio Final, cuando Tata Dios me pregunte: "¿Dónde están tus hermanos Haroldo y Rodolfo**, que no los he visto por la Feria?", yo no sabré qué contestarle. Y por ese pecado de ignorancia me mandará, derechita y humana, al mismísimo infierno.

Rechazada su publicación en febrero de 1980

---

* Rubén Darío: *Los cisnes.*
** Haroldo Conti y Rodolfo Walsh.

Respuesta a la amada inmóvil

LA MADRE TERESA, ganadora del Premio Nobel de la Paz, ha dicho al parecer que "la mujer no nació para grandes cosas, sino sólo para amar y ser amada". El periodismo suele deformar e inventar, pero supongamos que la admirable monja haya pronunciado esas palabras. Merecen quizás una respuesta.

¿Responderle en nombre de qué mujer? Debemos bajar de nuestro pedestal de Princesas de Mónaco, privilegiadas porque sabemos que lavar es humano pero centrifugar es divino.

El mundo se compone de multitudes famélicas, esclavizadas, deportadas. Síntesis de la mujer universal no sería el prototipo de Venus con taquito aguja ni la primera Thatcher que nos ofrecen los medios de difusión, sino una criatura cuya ración de desdicha comparte, multiplicada, con el hombre.

No creemos que la Madre Teresa sea adepta de revistas femeninas ni de teleteatros, descontamos que donde dice *amor* hay que leer *caridad* y no sólo la peripecia de la pareja. Ella es ejemplo vivo de ese *amor*: el que abraza al prójimo y elige servir al más desheredado. "Amar y ser amada" en ese trascendente sentido, ¿no es acaso una "gran cosa", la mayor de las hazañas? ¿Por qué la Madre Teresa la minimiza? Más que de modestia parece signo de cierta confusión mental a la que podemos ser proclives tanto monjas como laicas.

La mujer siempre cumplió con la premisa que dependía de su voluntad: amar. Amó y ama, y poco cuentan las excepciones escandalosamente publicitadas. Practicó y practica el amor filial, conyugal y maternal aun en las más desesperantes circunstancias.

Históricamente imposibilitada de acceder a las fuentes del poder, tradujo su caridad en obras benéficas. Cuando pudo, también contribuyó a la reforma de la sociedad, por ejemplo en la patria adoptiva de la Madre Teresa, al apoyar masivamente la política redentora de Gandhi.

Las tareas benéficas suelen ser ridiculizadas, no por su supuesta inoperancia, sino precisamente porque las realizan mujeres ("señoras gordas") a veces con dinero ajeno y cierta dosis de frivolidad. Sin embargo nadie puede negar que con ellas suplen la insensibilidad de los "señores gordos" en cuyas manos estaría el reparto de justicia que obviaría la dádiva, y a ellas dedican muchas mujeres su fervor y su tiempo. Pero, como dijo la insigne Doris Lessing: "El tiempo de las mujeres nunca es oro".

También expresan su amor realizando los trabajos peor pagados y menos prestigiosos, como el magisterio, la enfermería y la asistencia social, y los domésticos, que no consiguen la dignidad del salario ni la jerarquía del reconocimiento que se le obsequia abundantemente a un deportista de cuarta o a un locutor analfabeto.

La mujer sólo practica la violencia —como en el nazismo o el terrorismo— en acatamiento a órdenes masculinas. Según recientes estadísticas confeccionadas en París, sólo un 10% de mujeres son delincuentes, en general autoras de delitos menores.

En nuestro país, que tiene el desdichado mérito de estar a la cabeza en materia de accidentes mortales de tránsito, son casi nulos los cometidos por mujeres que, evidentemente, se resisten a empuñar el volante como un arma y en éste, como en otros rubros, desmienten la fábula de que estén empeñadas en igualar al varón.

Pese a todas las hecatombes de las que está obligada a ser sufriente testigo, la mujer sigue defendiendo la vida, amparando a su cría y repartiendo su generoso amor.

Está muy sucinta revisión es comprobable con mirar a nuestro alrededor y confeccionar nuestras propias estadísticas. Nos falta reflexionar acerca de aquello de "ser amada".

Dejemos para otro día los volúmenes de recapitulación histórica y contemos de qué tierna manera es amada la mujer en el mundo del presente.

En el ámbito afro-musulmán (Mauritania, Mali, Nigeria, Sudán, Egipto, Senegal, Guinea, Tchad, Liberia, Etiopía, Irak, Tanzania, etc.), se practica una bárbara costumbre: la mutilación genital de millones de niñas de 6 años, mal llamada circuncisión femenina, ya que no es inofensiva como la masculina ni responde a ritos religiosos sino a un simple y precoz seguro de castidad. La "operación" se realiza sin instrumentos quirúrgicos ni anestesia ni higiene y transforma a las criaturas en lisiadas físicas y psíquicas de por vida. Esta aberrante práctica se suma al estado de sometimiento de la mujer que, cuando procura reaccionar, es puesta en vereda a punta de cuchillo, como nos consta que sucede en Irán.

De esto no habla ninguna Comisión de Derechos Humanos y tampoco la Madre Teresa, que en cambio sí se pronuncia enérgicamente contra el aborto y tiene razón. Pero sólo defiende la vida del feto y parece ignorar el sufrimiento de la madre, a menudo impulsada tanto al embarazo como a la interrupción por un cúmulo de presiones físicas y morales. Parecería que la mujer recurre a ese dramático extremo como a una ceremonia de chacota, de puro viciosa. A ciertos moralistas no parece importarles el dolor, el peligro, el remordimiento, la lesión moral y a menudo la muerte de la madre. Quieren ignorar que a él recurre por compulsión de toda una sociedad que le niega rudimentos de educación sexual, propiedad de su cuerpo, capacidad de decisión y elemental protección de la vida del futuro ser.

El poeta Octavio Paz, en un breve paréntesis de su machismo, osó reconocer que "la situación de la mujer mexicana es abyecta". Sabrá por qué lo dice. Y en este Año Internacional del Niño es imposible ignorar que una de las más frecuentes causas de la pavorosa mortalidad infantil reside en que gran cantidad de madres son niñas púberes, precozmente despiertas a la sexualidad en medio de la indigencia, la ignorancia y la promiscuidad, y que luego —¡no faltará quien las culpabilice!— son incapaces de criar a sus hijos.

La crónica internacional está infestada de atentados y crímenes sexuales, y la violencia moral desatada sobre la mujer es uno de los hechos más deprimentes de las sociedades autotituladas cristianas.

Mientras por un lado se le predica el recato, la mujer es diariamente retratada o rifada en un mercado de carne, inculcándosele la noción de que sólo su cuerpo, y jamás su inteligencia, será valorizado socialmente. Si no se hace cómplice de alguna manera de este oprobio lo pagará muy caro.

La misoginia, exacerbada en estos tiempos en que la mujer procura contestarla, es una de las formas más sinuosas del desamor.

Como el racismo, puede empezar por un chiste y terminar en un campo de exterminio. ¿Exageración? Más exagerado parece el castigo que recibió un grupo de mujeres que hace poco estaban transmitiendo un programa radial en Roma. Fueron baleadas por un animoso grupo de compatriotas fascistas, hecho que la prensa internacional no se tomó el trabajo de comunicar. ¿Eran acaso "esas locas" primeros ministros?

En países civilizados, como Inglaterra, Francia, Italia, grupos de mujeres han improvisado albergues para congéneres apaleadas por sus maridos. El castigo corporal es asunto de rutina, cuando no de derecho, pero algunas esposas fallecieron a causa de esta cariñosa práctica y... se supo.

"Las feministas odian a los hombres" es uno de los clichés habituales en los que la cobardía y la culpa se disfrazan de Chapulín Colorado. ¡Y no aprendemos a contar con su astucia! Las feministas no odian a los hombres, sólo pretenden responder pacíficamente a la prepotencia generalizada. Lo más grave que puede imputárseles son escandaletes apenas humorísticos, pero la opinión pública bien manejada los disfraza de perversidad, usando la calumnia como una forma más del desprecio.

Hay otra especie de no-amor infiltrado en las mujeres: el que les impide amarse a sí mismas y a sus congéneres, gracias a la permanente incitación a que se desvaloricen en beneficio de la "superioridad" masculina. La mujer vive aterrada de parecer enemiga del varón y por fortuna no lo es ni quiere serlo. Quiere aprender a ser ella misma en toda su integridad de persona, sin atender a espejos degradantes ofrecidos por quien debería ser su compañero en este valle de lágrimas y se obstina en muchos casos en seguir siendo su verdugo o su dómine.

Sí, estamos de acuerdo con la Madre Teresa. Nuestro destino consiste en amar y ser amadas. Para amar mejor necesitamos recuperar la autoestima y la solidaridad femenina que a diario nos roban. Y aspiramos a ser amadas, aunque quizá por el momento nos contentaríamos con ser un poco menos odiadas.

Todo Belgrano, 1980

*Doris Lessing, esa bruja**

SI AL SUBIR LOS TRES pisos de la casita hubiéramos divisado sillones forrados de cretona y mucama uniformada en lugar de espacios arrasados por huracán, mudanza y gitanismo, nos habríamos equivocado de escritora.

Si un gato no hubiera esperado en un rellano y, en el cuarto superior, en lugar de paredes desnudas, libros apilados, una cama de estudiante y una tabla sobre caballetes hubiéramos admirado muebles de caoba y estampas con escenas de cacería del zorro, una fisura habría desvirtuado la imagen previa de Doris Lessing, a quien creemos conocer al dedillo a través de su "doble", el personaje de Martha Quest.

---

* Doris Lessing, desde hace varios años nominada para el Premio Nobel de Literatura, nació en Persia era 1919, pasó su infancia y primera juventud en Rhodesia del Sur y desde 1949 vive en Londres. En 1950 se consagró con su primer libro, *Canta la hierba*, y entre 1952 y 1957 publicó una serie de cinco novelas con el título general de *Hijos de la violencia*, a la que define como "un estudio de la conciencia individual en su relación con la colectiva". En 1956 volvió a Rhodesia en misión periodística y, por sus críticas al colonialismo racista, las autoridades rhodesianas le prohibieron su regreso al país. En 1962 apareció su libro más famoso: *El cuaderno dorado*, punzante indagación en la vida de la mujer y notorio giro estilístico respecto de sus obras anteriores.

Un blanco sol matinal es el único lujo del cuarto con balcón que da al "jardín" del fondo, donde no es pertinente buscar prolijos canteros ni rosales con apellido, sino una quinta semisalvaje, quizá llena de ocultas primicias cultivadas por la propia mano de la bruja.

—¿El *veld?*

—Ah sí, cómo no, es igual —ríe Lessing con cierta nostalgia. En sus libros nos ha familiarizado tan minuciosamente con el *veld,* el exagerado paisaje sudafricano, que acabamos por creer que allí vivimos alguna vez y que, exceptuando hormigueros gigantes, techos de palma y otros exotismos, de algún modo lo hemos incorporado, como la desmesura de nuestras pampas.

Una muchacha de sesenta años, de pelo y ojos grises, sin maquillaje ni fórmulas de cortesía, sencillamente vestida, una "mujer de trabajo", con algo de chacarera, mucho de madre refinada y una velada expresión de angustia: la que produce a los escritores que no hacen carrera la inminencia de un reportaje.

La visita debió ser disfrazada bajo ese rótulo, pero es más bien un peregrinaje hasta la gurú, la bruja dueña de una peculiar sabiduría, la descifrante de muchas claves del mundo contemporáneo al que ha intentado cambiar, empeñada en luchas de reformadora social.

También se ha destacado en la narración de cuentos, de los que lleva editados varios volúmenes. Ganó en Inglaterra el Premio Somerset Maugham y en Francia el Médicis. A pesar de haber sido traducida a numerosos idiomas y de que en cátedras de Japón, Alemania, Estados Unidos, Francia, se la considera uno de los máximos escritores actuales de lengua inglesa, las versiones en español se conocen desde hace relativamente poco tiempo. Años atrás se editó en Buenos Aires *Memorias de una sobreviviente,* y circulan en la Argentina *El cuaderno dorado, Martha Quest, Un matrimonio convencional, Al final de la tormenta, Cerco de tierra, Canta la hierba, El último verano de Mrs. Brown.* La obra de Doris Lessing ha sido definida como una incesante búsqueda de la lucidez. Quizá por eso, en nuestro subdesarrollo cultural, la crítica pacata y crepuscular suele comentarla tenuemente.

Visitantes, admiradores, periodistas, suelen desvivirse por extraer de un autor la certificación de los datos autobiográficos incluidos en su obra. Pero esa curiosidad es reversible, y uno tiende a preguntarse, como Martha Quest frente a cierta literatura femenina llena de silencios, de secretos no develados:

—¿Qué puedo aprender sobre mi vida en este libro?

Con el mismo espíritu caníbal y narcisista, algunos querríamos saber cómo hizo un autor para retratarnos en personajes con los que no guardamos más afinidad que la raza (la humana) y el sexo (el segundo). Cómo se las arreglaron para que yo, distante lectora, sea Adriana Mesurat, o Ana Karenina, o Martha Quest.

Aunque sus criaturas sean fruto de geografías, épocas y culturas diferentes y ajenas, Doris Lessing me ha enseñado todo sobre mi propia vida, traduciendo los enigmas de la confusa identidad de las mujeres y proponiendo un itinerario, ¿adónde? Como ella lo dice: "No hay adónde ir, sino hacia adentro".

Visitarla, entonces, no significa sino una comprobación, una señal de alivio en medio de la orfandad en que suele sumirnos mucho papel impreso. Doris Lessing existe, está bien, vive en Londres ("porque es una ciudad que no causa demasiado estrés"), escribe sin pausa, por lo tanto no todo está perdido ni naufragamos en la obviedad.

El gato blanco y negro, que resultó gata y se llama Suzy, luego de una solemne indagación adopta a las visitas y facilita un diálogo que resultaría tedioso para personas no gateras. Es evidente que Lessing no agotó el tema en su encantador libro *Particularly Cats*.

Por él sabemos que entre los variados trajines de su vida tuvo tiempo de ser amiga íntima, guardiana, víctima, comadrona y además enfermera de numerosas familias gatunas.

—¿No se ha cansado de tener gatos?

—¡No, nunca!

Por los astutos ojos cruza una chispa de indignación ante pregunta tan estúpida, que es preciso reparar con el previsible pero sincero comentario:

—Suzy es muuuy hermosa.

—No, no es tan hermosa como servicial. Hace poco vinieron de la TV alemana y ella posó y se colocó solita bajo los focos. Hay otros gatos en la casa, atigrados, desde aquí los veo cuando cazan en el jardín: pajaritos, lauchas... a veces me los suben hasta aquí para que admire la proeza, ¿se dan cuenta?

Su amor a los gatos representa predilección por los seres vivos, simétrica del desprecio manifestado de hecho por las cosas, por la fúnebre acumulación de objetos propia de un estilo de vida burgués. Si Lessing nunca fue como todo el mundo, tampoco se parece a la mayoría de los literatos, pero, eso sí, es coherente consigo misma, y su desdén por el orden convencional, la posesión y la apariencia no es sino síntoma de su indeclinable rebeldía.

Lessing pasaría el día hablando sólo de gatos, pero hay que abordar otros de sus temas capitales: las mujeres, los adolescentes, el racismo, el compromiso político, la doctrina sufí, las experiencias extrasensoriales, la ciencia ficción.

—Su obra es una verdadera enciclopedia de las mujeres.

—Así es —reconoce con la sencilla satisfacción de una cocinera a quien le alaban el guiso de lenteja—, pero no, no participé de los movimientos feministas. No estoy en desacuerdo en general, pero nunca necesité integrarme a ellos para tomar conciencia. Para eso basta con indagar en los personajes femeninos de los grandes novelistas —Tolstoi, Stendhal— y, simplemente, mirar alrededor. Mi madre, por ejemplo —y conste que no la critico— fue todo un modelo de frustración, una vida desperdiciada. Sé que actualmente la situación es muy dura en muchos países donde las mujeres tienen que partir de cero, pero en Inglaterra vivimos una era posfeminista, las luchas iniciales se libraron hace mucho tiempo. Por otra parte, los problemas de la mujer se reducen a uno solo: la independencia económica, que se gane la vida con su trabajo.

. Y también de eso Lessing sabe mucho. Adolescente, desertó de la modestísima chacra familiar y pidió trabajo en una oficina en Salisbury. "No tenía título ni de bachiller, pero cuando su madre le contó al jefe todos los libros que había leído Doris, la contrató inmediatamente", cuenta un testigo. Luego fue autodidacta en diversas habilidades, como taquigrafía y mecanografía. En el duro Londres de posguerra, ya separada, conciliaba el trabajo literario con la crianza de sus hijos y tareas de oficina por horas.

—Fui a la escuela sólo hasta los catorce años, no seguí estudios regulares. Al fin y al cabo, a los jóvenes se los atiborra de conocimientos inútiles, cuando en realidad lo único que necesitan aprender es matemática e idiomas. Es lo que más les hará falta para desenvolverse en el mundo en que vivimos, que es malo, y en el que viviremos, que sin duda será peor. Por otra parte, a veces me pregunto si los jóvenes se dan cuenta de una característica —que quizá no dure— de nuestra época: uno tiene al alcance de la mano cualquier libro que busque. Yo desgraciadamente no sé idiomas, además viajé muy poco, pero ahora me anoté en una academia del barrio y estoy estudiando ruso. Es simpático eso de volver a sentarse entre estudiantes, con pizarrón al frente y todo.

Es un tanto extraño que lo decida ahora, cuando hace rato que emigró del Partido Comunista, noviciado burocrático que ha descripto kafkianamente, sobre todo en *Cerco de tierra*.

—Fui militante comunista durante bastante tiempo, creo que por entonces los jóvenes progresistas en Sudáfrica no teníamos otra opción, pero a la larga y entre otras cosas me di cuenta de que el comunismo no ofrecía soluciones ni respuestas a una serie de inquietudes sin las cuales el ser humano resulta muy recortado. No, no es que ahora crea en una religión determinada, aunque suela recomendar la lectura de los libros sagrados de distintas religiones. Claro que sé muy bien hasta dónde, con el pretexto de la devoción, se practican siniestras maniobras represivas y retrógradas... los mulás, por ejemplo..., ¿saben qué es un mulá?

—¡Por supuesto! También sospechamos lo que es un ayatollah.

—En cambio me intereso, desde hace tiempo, en las diferentes vías de espiritualidad, de contemplación. ¿Ve? Todos estos son libros de sufismo.

(Misteriosamente intercalado entre ellos hay uno de Borges.)

A lo largo de su obra, y en especial en *La ciudad de cuatro puertas* (último tomo de *Hijos de la violencia*), cuenta experiencias que podríamos denominar, a la ligera, esotéricas. Entre otras cosas, atribuye a la concentración y a la telepatía propiedades terapéuticas para aliviar esos comportamientos anómalos caratulados como enfermedades mentales.

—Quizá sólo lo irracional pueda salvarnos del caos irracional en que vivimos: prácticas místicas o extrasensoriales, telepatía, locura, mensajes oníricos.

En páginas hilarantes de *El cuaderno dorado,* Lessing ha bordeado el enloquecido mundo de la TV y el cine. Escribió alguna vez libretos para la BBC, y ahora está en proyecto una versión cinematográfica de *Memorias de una sobreviviente,* en Estados Unidos.

—Con Julie Christie como protagonista, ¿se dan cuenta? —comenta con horror por una elección que le parece desatinada—; pero en materia de cine un autor tiene que resignarse. Si trata de luchar, está perdido: cuanto más quiera intervenir para defender su obra, peor le irá. En eso sigo el consejo de un amigo: "Cobra tu dinero y sal corriendo".

Y Lessing, que al principio no parecía dispuesta a sacrificar demasiado tiempo en una entrevista que quizás hubiera sido ardua y breve sin la mediación de Suzy, coopera de pronto, con aire de abanicarse en el patio:

—¿De qué más podríamos conversar?

Prometió en un libro que jamás tendría servidumbre, escarmentada por los abusos esclavistas cometidos en su Rhodesia. Y atiende el teléfono y el timbre, prepara café en su kitchenette, cose, hace jardinería y cuida personalmente el bolsillo ajeno: ha da-

do a las visitas complicadísimas instrucciones para llegar en subterráneo. Al fin no quiere despedirlas sin que conozcan a sus
otros gatos, que se mantienen ausentes, poco serviciales.

—¿No tiene quien la ayude? —pregunto.

—No..., abajo viven unos amigos, pero no tengo empleada ni
ayudante ni secretaria ni copista ni agente literario ni nada.

—Pero quizá necesitaría de alguien que...

Lessing interrumpe y, sabiendo por experiencia que tal variedad de tareas sólo puede desempeñarlas una mujer, ni hablemos
de la mujer de un escritor u otra celebridad masculina, afirma con
travieso humor.

—Lo que necesitaría es "una esposa".

Clarín, 26 de febrero de 1981

El año próximo
seremos breves

A LA CERO HORA del 1º de enero de 1982 se retrasará la TV de la Patria en otros veinte años, para mejor ajustarla —si cabe— a las pautas culturales oficiales.

Se permitirán reuniones multitudinarias (siempre que vayan a Luján a pie), pero se prohibirán las reuniones de dos personas solas, porque pueden hacer cosas.

En cuanto a la ley del libro, se actualizará un debate que quedó trunco. Consultado en su oportunidad por la SADE el excelentísimo señor ex presidente de la Nación, don Jorge Rafael Videla, acerca de unos libros vetados, respondió: "Digan qué libros *no deben* prohibirse" (sic). Como fue arduo llegar a un acuerdo, las potestades que reinaren el año que viene a la misma hora decretarán: "Quedan prohibidos todos los libros, menos los de Julián Marías, los de Julián Marías y los de Julián Marías".

Las famosas 242 canciones se extenderán, en principio, a 484. Con ellas se realizará un gran Festival de la Canción, al oscuro, a puertas cerradas y en silencio. Elegida la finalista, en uno de los próximos operativos de "Marchemos hacia...", será arrojada, junto con sus autores y todos envueltos en el poncho de Mercedes Sosa, como un matambre por encima de la frontera con Chile.

El venerable Ente de Calificación Cinematográfica también se modernizará. Será sustituido por la COMRED (Comisión Reductora de Cerebros) que instalará a la entrada de las salas un dispositivo electrónico destinado a magnetizar el cerebro del asistente. Este disfrutará de la película —no importando ya su grado de pecaminosidad— y saldrá feliz, creyendo haber visto una biografía de Don Bosco dirigida por García Ferré. Tal sistema tiene la ventaja de efectuar sin cargo una indolora reducción en el seso del ciudadano que, una vez en la calle, sentirá incrementada su sana adaptación al surrealismo imperante.

Reinará absoluta libertad de expresión para alabar a las Fuerzas, el Catecismo, el Deporte y las vedettes de teatros de revistas.

Será suprimido en todo el territorio de la Nación el uso de palabras que empiecen con el prefijo *des:* destape, desnudo, despelote, desastre, desocupación, despidos y otras más. Un riguroso control de aduanas impedirá que se infiltren diccionarios extranjeros que contengan estas palabrotas.

La inscripción de alumnos en escuelas de uniformados para la defensa ya no será persuasiva mediante graciosos avisos de TV, sino compulsiva y obligatoria para todos, sin distinción de sexo, edad ni Testigos de Jehová.

Así quedarán pocos civiles y por lo tanto se consolidarán la paz, el orden y la unidad.

Se intensificará la tecnificación de la COMRED en un congreso a realizarse con los más conspicuos representantes de la Federación de Jíbaros, que darán los últimos toques de reducción y obviedad a los escasos disidentes que se obstinaren.

En fin, seremos breves.

Vigencia, diciembre de 1981

La cultura en tiempos de crisis

EL POBRE ESCRIBA NACIONAL querría "desarticular el tinglado de la impotencia / y abolir los pretextos que pervierten el camino de la alegría" (Roberto Juarroz). Camino difícil de recorrer con un muerto a babuchas, prótesis mentales y un vecindario que se asorda, enajena y analfabetiza.

"Sus herramientas de trabajo son la humillación y la angustia" (J. L. Borges) y el escriba obra escoltado por ubicuos ujieres cuyas polainas le señalan en qué década está obligado a pensar, aunque por otros frentes le sugieren que es más saludable que no piense, que se limite a silbar bajito y, naturalmente, sin letra.

¡Pero el escriba no se rinde y sigue al pie de la letra! Opta por versificar, ya que la poesía —todo el mundo lo sabe— es la más inocente de las artes, pero le florecen rimas como "llerena" con "burundarena", y se percata de que tiene el inconsciente hecho pelota, y si sigue así terminará naufragando en la abyección de versificar para niños.

Y los pedestales vienen todos completos. ¡Cómo atreverse a desplazar al procerato de suplementos, premios y asiduidad publicitaria!

Amenazado por diversas cornisas flojas, piensa con Girri "organizar en público una Fedra de gatos", u optar por "acomodarse a circunstancias donde parece triunfar la doctrina de conformidad", pero con eso no consigue sino ser apenas invitado "a una larga mesa a la deriva / donde los comensales persisten ataviados por el prestigio de no estar" (Olga Orozco).

Y en sus cabellos al viento Ricardo Molinari le sopla: "Estoy encerrado en mi país y tengo hastío, horror desesperado / nada me solaza, entretiene...".

Y se desvela puntualmente a la hora en que, según Raúl Gustavo Aguirre, "cunde la indignación entre los perros".

Opta entonces (con tanta libertad de opción no sabemos de qué diablos se lamenta) por incurrir en tersa prosa, referida sólo "a tortas con grajeas y diarios atrasados", mentados por Vicente Barbieri, porque supone que esta temática le permitirá acceder al embalsamamiento en vida o a merecer quizá que de la Academia Argentina de Letras le arrojen miguitas de scones de los tés de los jueves que tan altivamente nutren nuestra cultura.

Y mientras sigue optando, fiel a Enrique Cadícamo, "oye que se quejan los ñacurutuses / de un modo tan fiero que hacen temblar".

Y tiembla nomás, al divino botón.

Clarín, 10 de diciembre de 1981

Apuntes juveniles

EL PORQUE DE NUESTRA EQUIVOCADA
VIDA LITERARIA

...y ahora una carta que representa la voz de los que comienzan: María Elena Walsh

Mi estimado señor director:

Ojalá sea ésta, por fin, una oportunidad de divulgar algunos puntos de vista, no sólo personales sino también inspirados en la unánime inquietud de mis compañeros en la juventud y la poesía.

Pensamos que la de *El Hogar* es una de las primeras voces de esperada valentía que se decide a quebrar este trágico silencio de nuestros instrumentos espirituales. Todos debemos responder a ese llamado, no para justificar nuestra parte de culpa, sino para aprontar nuestras manos, nuestra mente y nuestro sentir en la construcción que a todos nos reclama con urgencia, con amenaza.

Me parece que el discutido es un problema viejo, relampagueado alguna que otra vez por aisladas conmociones, pero ninguna rotunda como la de los martinfierristas. Desde ellos —tanto los de Florida como los de Boedo— hasta ahora no hubo ninguna profunda interrupción de nuestro sosegadísimo curso. Hace ya tiempo, Eduardo Mallea quiso identificarnos con esa patriótica desazón —la misma de ahora— y después nadie pintó mejor que él las desconsoladoras verdades de nuestro destino. Y al convocarnos advertía: "Escandalícense poco aquellos a quienes este género de verdades choca, y cuanto mayor sea su sentimiento de escándalo, peor será su culpa el día que haya bastantes decididos a ser mejores".

Nuestro mal sigue siendo el aburguesamiento, en la vida, en el arte, en todo. Hay una modorra mental, vacía, sin la gravidez alada del ensueño creador. Vivimos una era de escritores "municipalmente premiados", como dice Barbieri, la era (más que nunca) del "acomodo" y el mínimo riesgo. Cierta vez me dijo un joven poeta: "Estoy escribiendo una novela para presentarla al Concurso Municipal". ¡Oh burocrática inspiración! Esa era toda su necesidad creadora, su fiebre impaciente de belleza, su desinteresada meta: un Premio Municipal.

No creo, ¿quién cree?, que los premios *consagren* a los poetas. No. A los poetas los consagra su poesía, y por natural gravitación perduran o duran lo que el equívoco relumbrón de su popularidad. Pero podría haber premios que en realidad comportaran una ayuda, un merecido aliento. Para que los haya es necesario independizarse del Estado. Los premios oficiales —no es cosa nueva— suelen ser arbitrarios, injustos, mezquinos, y contribuyen muchas veces a desorientar aún más la formación cultural del público que ingenuamente cree en esas "consagraciones". ¿Qué hacen, a todo esto, quienes tienen en sus manos una vasta posibilidad: el dinero? ¿Por qué los ricos, los innumerables y turísticos aristócratas de nuestro país, sólo se acuerdan de los artistas cuando "es bien" ofrecerles un homenaje porque ya vienen consagrados por un sonoro rótulo extranjero? ¿No hay ninguno que se atreva a asociarse a escritores de ley e instituir una recompensa de verdadera dignidad, en la que podamos confiar autores y lectores?

Porque, ¿qué puede guiar nuestros conceptos sobre el movimiento —o el estatismo— literario que nos ocupa? Los premios —que son sólo oficiales— está visto que no. Las crónicas periodísticas, menos aún. ¿Qué nos puede guiar, entonces, como autores y como lectores? Creo que a los escritores corresponde iniciar un directo acercamiento humano, que eduque y conduzca a esa "inmensa minoría" que está siempre dispuesta a elevarse y complacerse en las obras de la inteligencia pero que tiene muchos motivos para desorientarse.

Porque hay una gran disensión: la gente no se acerca a nuestros libros, es cierto. Pero ¿hasta qué punto buscan los escritores acercarse a la gente? A la literatura argentina le falta valor humano y nacional, le falta uno parecerse, sino *ser* su pueblo y su paisaje. Recordemos los libros mencionados en esta revista como los más queridos y admirados: *Martín Fierro, Don Segundo Sombra, Los caranchos de la Florida...*

Hay demasiados escritores que se obstinan en lucir un temible vestuario fuera de uso: peplos mitológicos, castizos jubones, disfraces superrealistas, adoctoradas levitas, quimonos y turbantes de inexplicable importación. ¿Cómo miraríamos a esos señores si anduvieran con tan absurda vestimenta por nuestras pampas o nuestros callejones, tañendo sus guzlas y sus laúdes entre tangos y balidos y bocinas? Los miraríamos del mismo modo, temeroso e indiferente, con que advertimos sus libros. Pero, lucrando sobre esta natural tirantez entre la gente y la literatura, surgen los demagogos de las letras, los figurones que fomentan el mal gusto y el sentimentalismo primario de sus devotos. Repito que los escritores debemos formar una vanguardia que se acerque al público para despertarlo, conducirlo, educarlo, no para alimentar sus torpes apetitos.

No hay tal "carencia de escritores jóvenes", señora Silvina Bullrich. Esa es una equivocadísima negación... Hay muchos, y muy promisorios. Negarnos significa negarle futuro a nuestra literatura. Significa tronchar en retoño las más inminentes floraciones. Que abran sus puertas las editoriales y las publicaciones de rutinario y enmohecido elenco, y que dejen entrar a los muchachos recientes, para que se asomen a las ventanas, y renueven la tinta de los tinteros, y pongan una que otra flor sobre los escritorios demasiado comerciales. Que nuestros diarios respeten un poco más a Su Majestad la Escasez de Papel y supriman algunas páginas deportivas, y que la tengan un poco menos en cuenta cuando se trate de ampliar las secciones literarias.

Entonces se verá que no hay "carencia de escritores jóvenes", que hay "desconocimiento de escritores jóvenes". Podría nombrar aquí a muchos impotentes de darse a conocer como lo merecen, pero que con el tiempo vendrán a llenar este silencioso vacío de nuestra vida literaria.

Es difícil ofrecer soluciones para una encuesta tan compleja. Hay muchas y no hay ninguna. El futuro literario de nuestro país está en nuestras manos, las de unos cuantos veinteañeros que andamos de aquí para allá tratando de usar nuestra entusiasmada voluntad en todas las responsabilidades que nos requieren. ¡Ojalá podamos cumplir con las ideas, los gritos, las cosas que nos inspiran esperanza y amor! ¡Ojalá que esta digna encuesta de *El Hogar* sea el principio de un fecundo despertar, fortalecedor de tantas cosas que nos pertenecen, pero que nos obstinamos en negar y desconocer!

Soy su atenta amiga que lo recuerda y quiere, y que encuentra aquí otra oportunidad de saludarlo con toda amistad y simpatía.

El Hogar, 20 de noviembre de 1947

Carta de viaje

Maryland, principios de 1949.

En las primeras horas de este año la sirena del barco anunció nuestra llegada a Nueva York. A las siete me despertó una algarabía: mis compañeros de viaje augurando "Happy New Year" y "Happy New York". Por el ojo de buey vi la orilla pálida, las primeras señales humanas después de tantos largos días en soledad de agua y cielo. Me abrigué con placer y salí a la cubierta a conocer el aire rudo del invierno del Norte. Allá —todavía lejos— estaba la primera nieve tocada por mis ojos; sentía impaciencia por acercarme, por probar con las manos su consistencia para mí desconocida. Lentamente nos aproximamos a un muelle de Brooklyn, pasando frente a la estatua de la Libertad, reconociendo los distantes rascacielos, los barrios y los puentes: Manhattan, Brooklyn, Long Island. Grandes gaviotas atravesaban serenamente la llovizna helada, cuando, apoyada en la borda, yo paseaba mi mirada por la multitud de bellezas nuevas para mi asombro.

Fui despidiéndome del barco, el barco blanco y gris que durante un mes fuera mi casa, mi tranquilo país de la pereza. Acostumbrada, encariñada ya con su ambiente, sentí pena al dejarlo para siempre. En él viví las luminosas mañanas del mar, llenando mi cuerpo con gloria de sol y viento; viví el miedo de las olas invernalmente furiosas; conocí puertos y almas. Era un barco gris con marineros rubios: pasé muchos momentos mirando sus trabajos y sus juegos; los torsos fuertes y quemados luciendo la facilidad del esfuerzo. Al atardecer jugaban con aros de soga, arrojándolos sobre el piso de la cubierta marcado con tiza. Desde la borda superior, yo veía unas manos tatuadas obrando en la aventura de la música: un marinero escuchaba los discos de un álbum de tapa brillante: *Songs of Norway,* y esas canciones, acompasadas por el lento ruido del barco, eran una joya de sueño bajo el cielo total.

Desayuné por última vez con mis vecinos de casa, los encarcelados conmigo en el barco gris durante tantos días de mar. Yo había aprendido lentamente sus rostros, sus almas, sus voces, con la fuerza de mi edad preocupada por salvar todo del olvido: toda esa época palpitante y amable.

Ya entrábamos en un enero de nieve, pero pocos días antes sentíamos aún en el barco el sofocante fuego ecuatorial. El penúltimo puerto de nuestra ruta fue Cabedêlo, donde pasé las más maravilladas horas de toda la costa brasileña que conozco. Es un pueblecillo cercano a Parahyba, huraño y abigarrado, sumergido en selva de palmera y grandes hojas, las tan fielmente pintadas por el Aduanero Rousseau. Desde el barco, las casitas parecían una escenografía graciosa, en verdes, añiles y rojos. La selva se despejaba en la arena larga de una playa desierta, de un agua verde clarísima habitada por escasos veleros y jangadas, con un acantilado hecho de antiguas ruinas invadidas de vegetación. Cuando bajamos, un aire de fuego pesaba sobre las calles de arena. Las casitas multicolores mostraban, por las bajas ventanas abiertas, interiores frescos y oscurecidos, muebles humildes y adornos de pueblerina pretensión. Nuestra algarabía de turistas había interrumpido su monótona paz, y los nativos se asomaban a mirarnos, con indiferente curiosidad. Algunas negras, junto a macetas ventaneras, permanecían en actitud romántica, como desde siempre, con ojos fijos y fríos, como muertas, endurecidas en ese silencio de piedra caliente. Todo sucede allí con cansada lentitud, todo es una inmovilidad apenas impulsada. Llegaba una pequeña caravana de mulas cargando vasijas de agua, primitivamente.

Atravesando las calles quemantes, llegamos al centro del pueblo: un destartalado circo, un miserable, infaltable puesto de lotería, la iglesia vieja y blanca de puertas celestes, el cementerio de rústicas crucecitas también celestes. Ese tono de añil y cal, ingenuo, mate, resalta violentamente puro entre la vegetación oscurecida de las poblaciones brasileñas, en las puertas de las iglesias y de la mayor parte de las casas; y oí decir que existe la creencia de que este color ahuyenta los insectos.

Entramos en el mercado, un laberinto sucio con vendedores, perros, niños y mercaderías perezosamente tirados en el suelo. La chiquillería se levantó para rodearnos con desorbitada curiosidad. Nos acercamos a un puesto cuyo negro dueño señalaba con desdentadas sonrisas y ademanes de hospitalidad. Allí dentro se amontonaban, desde años, los objetos más curiosos, fracasados en la venta por falta de turistas. Hasta sobrevivía un cuerno ahuecado para guardar rapé, con el que el vendedor convidó a mis compañeros, ignorantes de los años y las aguas que se interponían entre su gentil ademán y nuestras costumbres. Rústicos cucharones de coco, pequeñas jangadas de corteza blanca, jaulas y juguetes pintarrajeados, todo se amontonaba hasta el techo sombrío, por cuyas vigas se paseaban dos loros —entre temibles telarañas— cantando en irreconocible portugués. El vendedor lloraba de emoción ante la increíble y mísera cantidad de nuestras compras, como un mendigo de cuento a quien las hadas colman de oro.

Para acercarnos a la playa atravesamos un barrio semisalvaje de ranchos de piedras y ramas. Los chicos, desnudos y raquíticos, miraban curiosamente desde su feliz suciedad. Algunas indias desgreñadas, sentadas en el suelo, limpiaban pescado con los dientes, junto a un charco hediondo, envueltas en una espesa niebla de mosquitos. Un olor de aire abierto y salado nos anunció la playa a través de las grandes hojas. Era una playa virgen, de arena intacta, donde el mar dejaba su marco de algas rojizas, de caracoles, de redondos huevos vítreos y blandos. El sol amarillecía el agua verde, serenísima, y quemaba la arena extendida hasta una fresca lejanía de palmeras. Recorrimos la playa recogiendo caracoles, esquivando con los pies desnudos los innumerables cangrejos, mientras algunos pescadores acercaban sus redes hasta una jangada acostada en la arena. La caminata por los médanos se hacía difícil bajo el sol y tuvimos que refrescarnos con gozosos chapuzones en la bahía transparente, hasta que la sirena del barco nos interrumpió con susto.

Al atardecer nos alejamos mirando largamente la escenografía de casitas entre grandes hojas, las puertas celestes y el acantilado de ruinas, y nos despedimos del día poblado de asombros, con esa tristeza del no volver nunca.

Entre aquella última, caliente imagen de Brasil y la inminencia blanca de Nueva York, mediaba ya mucha distancia de agua, pero apenas un dichoso instante de la memoria. A través de la llovizna helada crecían, definiéndose, los esperados rascacielos.

El Hogar, 18 de enero de 1949

Carta de Manhattan

EN EL PRECIOSO CAMINO de Washington a Nueva York estaba la última nieve de este invierno; los bosques y los techos todavía blancos, el aire triste, los lagos helados y con tardíos patinadores. Pero hicimos un viaje feliz, en auto, cantando canciones argentinas, oyendo jazz y haciendo mil proyectos ante la inminencia de Nueva York. Cruzamos el "ferry" y, después de atravesar uno de esos largos y bruñidos túneles que llevan a Manhattan, entramos en la locura de Times Square, a ese mar de luces, vertiginoso y fascinante, que nos evocó un domingo de Corrientes, multiplicado. El anochecer es la hora de Nueva York, el nacimiento de millones de luces que miramos con el aliento contenido, ya silencioso de emoción. Pisar Nueva York es transformarse, sentirse invadido de una locura especial, de un entusiasmo caliente por todas las cosas, y al mismo tiempo por una depresión perdida y humilde. Aquella noche recorrimos todo Manhattan: Central Park, negro y nevado; la Quinta Avenida; Harlem; los paseos del Riverside, parecidos a nuestra Costanera, pero sin esa perspectiva marina con la que el Plata nos ilusiona. A las tres de la mañana nos detuvimos en la esquina de Wall Street y Broadway, ante el espectáculo tremendo de Trinity Church y sus tumbas negras, aún cubiertas de nieve, empequeñecidas entre los áridos rascacielos oscuros, en la calle muerta.

Al amanecer llegué a mi cuarto de Claremont Avenue, con su ventana que da a la Universidad de Columbia; poco después me despertaron un sol alegre y una lluvia de nieve derritiéndose. Ya estaba dispuesta a seguir las andanzas neoyorquinas. Desayunamos en Rockefeller Center, mirando patinadores sobre hielo, que bailaban al compás de "La Cumparsita": "Cumparsita" con órgano y violines, pero que nos emocionó tanto como si la hubiéramos estado oyendo en un café de la calle Corrientes por adecuados bandoneones.

Después de un largo paseo oímos *Rigoletto* en el Metropolitan, la última función de la temporada. Nuestra primera idea fue enorgullecernos del Teatro Colón, y comparar su pulcra imponencia con esta sala vieja y destartalada, digna de fama sólo por su tamaño y una tradición de calidad.

Al atardecer subimos al Empire State, en una odisea ascensorística de pocos segundos. Pasamos un rato larguísimo embelesados mirando la inmensidad de luces, oyendo el rumor único y ensordecedor que se levantaba de las calles diminutas. El viento hacía cimbrar el vértice fino del piso 102, chocando contra el mirador de vidrio. Hay guardias que siguen muy de cerca a los visitantes, para impedir los "suicidios desde el Empire", que en un tiempo estuvieron de moda.

Preguntamos por Victoria Ocampo, en el Waldorf Astoria, con la secreta esperanza de que nos ofreciera una cena exótica, pero nos desilusionaron con la noticia de que ya había volado de vuelta al sur. Decidimos entonces invitarnos al barrio chino, y allá fuimos, atravesando la Tercera Avenida, bajo el ruido trágico del tren elevado, hasta un restaurante lleno de misterios especiales para turistas y un poco secreto olor a opio.

El día estaba ya agotado, cansado y completo. Mis amigos argentinos volvieron a Washington, y yo me quedé, dispuesta a seguir sola el descubrimiento de Nueva York. En mi cuarto de Claremont Avenue me acompañan muebles aburridos y una luz tristísima, que siempre me echa a la calle. A veces viene a charlar conmigo una vecina chilena, que se pone traje de baile para escribirle cartas al novio, que está en Alemania. Me gusta abrir la ventana y oír los rumores de fiesta que llegan de la Universidad o del cercano Broadway.

Me gusta andar en el ómnibus de dos pisos que recorre la Quinta Avenida, y desde donde puede verse cómodamente el desfile de elegancias. Visité la catedral de San Patricio, y después fui a deslumbrarme al Museo de Arte Moderno. La fachada, lisa y bella, contrasta en un barrio de viejas casas oscuras. Recuerdo una salita donde había un autorretrato y un "bañista" de Cézanne, un Picasso de la época rosa, *¡La noche estrellada!,* y un pequeño *gouache* de Van Gogh: un corredor de profundidades llenas de frescura y tristeza de hospital. En esa sala pasé horas largas y felices. Otras, menos felices, pasé frente al *Guernica,* de Picasso, hasta que conseguí que me gustara un poco. En el jardín del Museo, que da, si no recuerdo mal, a la Sexta Avenida, hay varias piezas de escultura: la serena *Assia,* de Charles Despiau; los adolescentes de Lehnbruck; los monstruos simétricos de Lipchitz. El Museo también tiene cine, donde se pueden ver las muestras, ya históricas, del tiempo de las primeras cintas mudas.

Estuve en el Hayden Planetarium, en una de las conferencias de divulgación que dan continuamente, basadas en una impresionante reproducción del sistema solar, que funciona en el techo y reproduce en quince minutos todos los fenómenos celestes de un año.

Mi mayor felicidad es andar por Broadway o la Quinta Avenida, integrar esa multitud dispar, loca e indiferente. La condición de turista, muy abundante, por supuesto, en Nueva York, se reconoce por una obstinada propensión a pasar ratos extáticos con la cabeza levantada, mirando las paredes interminables. El magnífico cuerpo triple del Rockefeller Center da una oscuridad fría a sus calles. Los tres rascacielos se comunican por una serie de subterráneos, donde hay lujosos negocios con artículos de todas partes del mundo: joyas orientales, telas americanas, curiosidades.

Radio City ofrece, desde la mañana, un espectáculo continuado de cine, revistas, música y baile. Vi al famoso cuerpo de *rockettes,* las coristas "más perfectas del mundo". El lujo y el tamaño de Radio City, "los mayores del mundo", tienen comparación sólo con esos absurdos escenarios de película donde todo es brillante, multicolor, exagerado y maravilloso. (Música de Gershwin, por supuesto.) En Radio City da Toscanini sus conciertos para la NBC, pero es necesario esperar un turno de varios años para poder conseguir entradas.

Subí al piso 80 de Radio City, esta vez de día, para ver los edificios envueltos en una niebla azulada y sucia.

A la noche fui a una conferencia en el Instituto de las Españas, de la Universidad de Columbia. Oí a un centroamericano erudito recitar vejeces cursis que chocaron demasiado con ese gusto a locura avanzada y nueva que dejan las cosas de Nueva York.

El Hogar, 18 de junio de 1949

Carta de Maryland

ATURDIDA DE DESLUMBRAMIENTOS, dejé el barco bajo una llovizna blanca, tiritando. Todo fue tan vertiginoso, que atravesé el interminable puente de Brooklyn suspirando brevemente, y apenas tuve tiempo de mirar de reojo los rascacielos distantes.

Pasé por un barrio bajo de casas rojas, vestidas de fiesta con guirnaldas en las puertas, donde vi por primera vez criaturas reales jugando con nieve, sin aquellos embalsamados movimientos de las postales. Una Nueva York parcial y desilusionante desfiló así por las ventanillas del auto.

Por fin me encontré instalada en el tren para Washington, donde hice mi primerísimo conocimiento del pueblo. Entablé muchas conversaciones, con la afable facilidad que aquí se usa, y al mismo tiempo con toda la desesperante dificultad necesaria para entender el endemoniado acento de los yanquis. Cerca viajaban dos madres jóvenes, con sendos chiquillos rubios sorbiendo un higiénicamente envasado chocolate. Fue una gloria oír las primeras canciones de cuna y los primeros balbuceos vivos en el idioma de la tierra recién entrevista. Los pasajeros eran amables, y me emocionó la conmovedora solicitud con que intervenían en mi conflicto de forastera solitaria con el pasaje equivocado.

Como ya era de noche, sólo podía ver las grandes luces de los anuncios y las fugitivas estaciones: Wilmington, Filadelfia, Baltimore, hasta que, por fin, llegué a la blanca Washington, donde me esperaban Juan Ramón y Zenobia, llenos de sonrisas y preguntas. Recorrimos en auto las calles anchas y abiertas, las iluminaciones de Año Nuevo: había un gran árbol navideño con luces de colores en el jardín de la Casa Blanca; faroles y guirnaldas en todas las puertas.

Después, entre oscuras filas de olmos, llegamos a Riverdale, a este barrio tranquilo de Maryland, donde Juan Ramón vive sus intensos días de trabajo y amor. Aquí me esperaba, en la casita blanca, un interior tibio con leños ardiendo, viejas presencias de libros y bellos pedazos de España. Mi cuarto tiene alegres ventanas, adonde vienen las ardillas a visitarme curiosamente.

En mis primeras andanzas por Washington reconocí los edificios y monumentos más importantes: me horrorizó particularmente el Lincoln Memorial, que es un templete calcado del Partenón, en donde habita una descomunal y solitaria estatua de Lincoln, como un imperdonable monstruo blanco derrumbado sobre calcárea silla. Ese barrio de edificios de gobierno es amplio y verde, cuando no embellecido por la blancura de la nieve; además, todas las calles son anchas, aireadas. Tranquilamente transitables. En mis sucesivos extravíos y encuentros descubro a menudo detalles callejeros que atraen mi atención de sudamericana.

Es evidente la ya muy comentada originalidad de los norteamericanos: sus vestimentas arbitrarias y graciosas, sus libertades. Es corriente ver lujosas damas de sombrero, pieles... y pantalones; o respetables militares cargando sumisamente grandes bolsas de comestibles desde el almacén hasta el auto... estacionado cinco cuadras más lejos por falta de espacio. La gente soluciona con naturalidad e inteligencia sus problemas cotidianos, hoy tan crecidos en todas partes. La falta de servidores obliga a duras tareas, a llevar un ritmo de vida atropellado y fatigante, que no da lugar a prejuicios ni miramientos: todos saben que tienen que participar.

Junto al ejemplo práctico de Juan Ramón y Zenobia me ensayo en inevitables tareas culinarias, apelando, por supuesto, a envasadas soluciones. Todas las mañanas salgo con mi bolsita de merienda, como todos los estudiantes, y tras prolongada odisea tranviaria llego a Washington, donde improviso mi diaria ocupación. Hay muchos lugares amables, y no acabo de conocerlos. Por ejemplo, en la sección musical de la Biblioteca Pública hay gabinetes individuales, donde se pueden escuchar, libremente, los discos de una nutrida colección. Me parece que ya es tiempo de que una discoteca pública exista también en Buenos Aires: creo que allí no falta dinero ni ganas; sólo un poco de iniciativa y generosidad.

Entretenimientos musicales no faltan en Washington. Al mediodía doy cuenta de mi ligera merienda en un *drugstore,* abigarrada farmacia con un bar lateral y bancos altos: hay sobre el mostrador unos aparatitos musicales, donde, depositando una moneda, se oye la canción preferida, discretamente sólo para la propia área. Hay tiendas de música donde se pueden oír discos, también individualmente y junto al mostrador, mediante un auricular conectado a cada victrola.

El Drive-in-Theater es un cine —abundante en las afueras— compuesto solamente de una gran fachada, cuyo interior, en lugar de butacas, consiste en una playa de estacionamiento... para ver cine desde el auto. En salas "normales" he visto dos recientes maravillas: *Juana de Arco* y *Hamlet.* Me parece que Ingrid Bergman sostiene y alumbra con sobrehumana pasión toda la película: da impresión de estar sola, aislada en su fuego, dentro de la un poco inexpresiva perfección técnica y el tecnicolor vulgarizado. (Ingrid de Arco, junto con muchos otros actores, vino a Washington para la fiesta presidencial; siento mucho haberlos buscado infructuosamente y no poder hablar de ellos.)

Hamlet me pareció la más acabada, la más perfecta obra de arte cinematográfico. Es de agradecer al genio de Lawrence Olivier, que Shakespeare sea tratado con tanta dignidad, con tan sobria comprensión. Los elementos teatrales, la personal versión, el sentido profundo de cada escena son inmortales.

Hace poco realicé una excursión al valle de Shenandoah, en Virginia, donde visité las cavernas de Skyline, especialidad turística. Las formaciones prehistóricas están modernizadas con luces de colores y aire acondicionado. El grupo turístico, con retratable expresión de curiosidad, oye los monótonos recitados del guía, que explica la semejanza imaginaria de algunas formaciones con objetos conocidos. Al llegar a una roca de lejano parecido con una imagen religiosa, ésta se ilumina automáticamente, el público queda a oscuras... y se oye el Ave María. Realizada la musical contemplación, vuelven a encenderse las luces, y sigue el paseo por los salones prehistóricos. Pero es realmente maravilloso ver esos lagos subterráneos de apenas dos centímetros de profundidad, que reflejan su inmediato techo de estalactitas como un pueblo de azúcares.

Tendría muchas otras cosas que contar, para las que haré mejores espacios de tiempo: las imágenes son tantas, que pugnan por sobrevivir o naufragar en mi memoria. La nostalgia de mis primeros días cede melancólicamente en una niebla olvidadiza: todo el encanto de este lugar, de esta gente, de esta vida apremiada y fascinante exige una honda donación de sentimientos.

Contribuye a esta familiaridad el hecho de que en Washington oigo hablar mucho español. Es grande la cantidad de hispanoamericanos. Eso compensa, de algún modo, la agotadora tarea de practicar un inglés multiplicado y dispar.

Cada amanecer está abierto a un gran mundo de descubrimientos hermosos; está abierto, sobre todo, a la dicha de vivir en un ámbito de paz junto a un amable vecindario, y cerca de accesibles y numerosos lugares de arte.

El Hogar, julio de 1949

Salvador Dalí está en la Quinta Avenida

SALVADOR DALÍ ESTÁ en la Quinta Avenida, en un octavo piso del corazón de Manhattan. Noticia para quienes lo suponían confinado en uno de sus fatales horizontes, o enredado para siempre en una telaraña laberíntica, junto al mar.

Salvador Dalí es, en primer lugar, una gran descortesía telefónica, una descortesía cortante y monosilábica, como de burócrata de filme. Su prisa es nada más que una prisa de coleccionista de relojes doblados, que no quiere desdoblar para que no se le vuele el menor ápice de tiempo. Salvador Dalí telefónico sugiere que él posee el tiempo como un pañuelo, en dobleces mínimos, con cultivada avaricia. Pero ya llegará el día en que alguien le descubra el secreto y se lo libere; ese día le sobrará el tiempo, no sabrá qué hacer con él y lo malgastará en buena educación telefónica; nos encontraremos con un Salvador Dalí en *ralentisseur*, que hasta nos invitará cordialmente.

—¿*Voulez-vous* servirse otro poquito más de tiempo?

Salvador Dalí telefónico es puro surrealismo, saludos en francés y protestas en catalán. Es, en fin, el señor que nos concederá nada más que dos minutos, de pie, a las tres de la tarde, porque está muy ocupado... No..., porque tiene que salir... No..., porque... bueno..., *au revoir*.

Desde las once de la mañana hasta las tres de la tarde hay un buen hueco de tiempo fácil de llenar en Nueva York. (Salvador Dalí se lo guardaría en el bolsillo, pero yo prefiero malgastarlo.)

En Nueva York no hay cafés donde perder —o ganar— el tiempo; me refiero al clásico café rioplatense, donde, junto a una vidriera que da a la calle, se llenan los "huecos" entre cita y cita, huecos de espera o de cansancio, frente a un libro y un pocillo de express, todo con lento ritmo de tango. En el *drugstore,* en cambio, un café dura pocos segundos, que requieren el dinamismo necesario para frenar a tiempo la cucharita lanzada ferozmente desde el otro extremo del mostrador y quemarse a máxima velocidad, con complejo de culpa, bajo la fiscalización impaciente de un señor que espera turno.

Decido entonces ir al Museo Frick, ya que Nueva York, en sus múltiples ofrecimientos, no da tregua: cada minuto sirve para descubrir una maravilla nueva.

La Colección Frick está en una lujosa casa particular —transformada ahora en museo— del barrio residencial de Manhattan: la Quinta Avenida, frente a Central Park. Allí vi la magnífica serie de ilustraciones de William Blake para *The Pilgrims Progress,* y uno de mis favoritos, *Felipe IV* de Velázquez. Entré en un imponente salón Van Dyck, donde la condesa de Canbrassil cambiaba una altiva mirada con la no menos altiva de sir John Suckling, y Demetrio Canevari hablaba silenciosamente con la familia del Duque de Derby. Las salas Van Dyck están siempre espesas de silencios y miradas. Al entrar nos miran un montón de ojos vivos que resaltan de una oscuridad muerta: parece que les interrumpimos un diálogo muy importante.

Confituras del XVIII francés e inglés —Fragonard, Boucher, Gainsborough, Hogarth—, fui ojeando por simple afán informativo, hasta llegar al *San Jerónimo* del Greco y la *Fragua* de Goya, y una *Tentación de Cristo* de Duccio, que me arrancó un grito que creo debió de parecerse al de Colón al descubrir América. Y, entre muchos otros cuyos nombres ya no retengo, me acuerdo bien de un San Juan Evangelista de Piero della Francesca y tres deliciosas figuras de Renoir: *Madres e hijas* en un parque fresquísimo.

El interior silencioso, sombrío, suntuoso de la casa Frick da un ambiente de adecuada majestuosidad a sus inmortales habitantes. Allí pude colmar —y rebosar dichosamente— el hueco de tiempo que me impacientaba.

Vuelvo a la calle 55, al hotel de más distinguida tradición en Nueva York, donde, tras una complicación de ascensores y pasillos me enfrento, por fin, con dos bigotes inverosímiles y una mirada afable:

—*Bon jour, bon jour.*

Paso entre telas, papeles, pomos, lápices. Me extrañan la desnudez de las paredes y el desorden impersonal. Pero pronto la voz me saca de mi distracción. Salvador Dalí no espera preguntas (no tiene tiempo): se apresura a dar respuestas preconfeccionadas:

—Efectivamente, mi pintura es cada vez más ambiciosa, sumamente ambiciosa. Pero, eso sí, siempre dentro de su cauce habitual: conceptos basados en diferentes avances de la ciencia, técnica aprendida de los grandes maestros.

Creo oportuno preguntarle a quiénes considera "grandes maestros". La respuesta es casi indignada:

—¡Pues Rafael, Leonardo, Tiziano, a ésos me refiero!

Después viene otra pregunta que adivina y contesta por anticipado:

—Ahora me voy a California, a colaborar con Walt Disney en una película que se llamará *Destino*. Después volveré a España, también a trabajar en cinematografía. Además, pronto publicaré una novela.

Le pregunto por su vida en Estados Unidos.

—Me he adaptado perfectamente. Creo que aquí un artista puede vivir muy bien, porque hay respeto a la individualidad. Suelo encerrarme largas temporadas en mi casa de California para trabajar en un aislamiento ideal, que en otra parte del mundo sería difícil.

Le pregunto por la Argentina, y arruga el ceño como si tratará de recordar el nombre de una remota isla del Pacífico. Le gustaría mucho visitarla, pero "no tiene tiempo".

Esta vez no anticipa otra respuesta, sino una gentil despedida, entregando las dos manos:

—*Bon jour, bon jour, enchanté, enchanté.*

Tropieza con una silla llena de pomos y tapa con el cuerpo, a propósito, una tela a medio pintar.

El Hogar, 15 de julio de 1949

Ezra Pound,
"el mejor artífice"

PÚBLICAS DISCUSIONES han vuelto a interrumpir en estos días lo que parecía un sosiego, un deliberado olvido del "caso" diversamente difícil de Ezra Pound. Reclama ahora otra vez contradictoria atención, ya que ha sido el primer ganador de un premio de poesía instituido recientemente en la Biblioteca del Congreso. El jurado, compuesto de Eliot, W. H. Auden, Louise Bogan, Conrad Aiken, Robert Lowell, Allen Tate y otros conocidos escritores, resolvió premiar los "Cantos Pisanos", último eslabón —el más impenetrable y vertiginoso— del poema épico que llena la vida de Pound desde hace muchos años: los *Cantos*. Una ola de discusiones, burlas, defensas y ataques se levantó en el periodismo americano, justificada no sólo por rencor político, sino por desconcierto ante el desafiante vértice de esa poesía rota y difícil.

Pound recibe estos ecos con imperturbable ironía, desde la soledad triste de sus ventanas en Saint Elizabeth. Lleno de galantes movimientos, es todavía el insolente trovador de roja barba mandarinesca. Habla con nostalgia de Rapallo, de su casita cubierta de flores, con un constante dinamismo nervioso que encubre todo decaimiento: otra de sus múltiples *personae*. Poetas suelen visitarlo: Eliot, E. E. Cummings, Robert Lowell, Juan Ramón: le llevan fe y caliente aprecio de hermanos o discípulos en el universo ideal que tanto enriqueció con su inteligencia de "mejor artífice".

Ezra Loomis Pound, descontento de América, emigra a los veintidós años, tras una primera huella de escándalo: destituido de Wabash College, niega todas las acusaciones, salvo la de ser "un tipo del Barrio Latino". Este momento de su vida señala, en realidad, una doble evasión: la de América y la del siglo XX, porque va a refugiarse en una preciosa antigüedad europea, en un siglo XIII que será, en principio, mina de sus innovaciones. (Su lema: *Make it new*.)

En 1908 aparece en Venecia su primer libro, *A Lume Spento*, que al año siguiente, en Londres, decide reeditar, ampliado, con el título de *Personae*. Nuevo, joven y desconocido en el mundo literario inglés, se dirige primero a Elkin Mathews, el editor que había favorecido a Yeats y otros inminentes astros. Al sugerirle Mathews que colaborara con los gastos de imprenta, Pound le ofreció su último chelín. Esto decidió al editor a arriesgarse por sí solo; el libro salió y tuvo notoriedad de discutido y alabado.

Pound estudiaba, asimilaba y renovaba con maestría a los trovadores provenzales, enamorado de su musicalidad. Siempre sostuvo que el poeta sin conocimientos de música no era completo, y que el estudio de la poesía europea debía comenzar por Provenza. Arnaut Daniel, el que dejara todo por la juglaría y fundara un sonoro Languedoc, "el gran maestro de amor", según Petrarca y "el mejor artífice", según Dante, fue su primer maestro en la ciencia de las calidades y los sonidos. También recreó las cadencias de Bertrand de Born (y lo rescató del Infierno dantesco), de Arnaut de Marvoil y de Pierre Vidal, el enloquecido como un lobo por amor a Loba de Penautier. También supo imitar actitudes, ampulosamente, de los elegidos italianos: Dante, Petrarca, Cavalcanti.

Conquistados en gran parte los centros literarios de Londres, buscó y conoció a Yeats, considerándolo su único maestro viviente, y a Eliot, que a su vez se diría su discípulo. Salvadas estas dos dinámicas figuras, pronto empezó a sentir el ambiente inglés tan árido como el americano. Por eso, en cuanto alboreó en Londres un movimiento juvenil e insurrecto —el Imaginismo—, se le asomó curiosamente y pronto pasó a integrarlo. Esta doctrina poética —productillo del simbolismo, encauzado por Aldington— no tuvo valor propio pero sí cierta sana influencia, alentada después en América por Amy Lowell y Gould Fletcher. Abarcaba nombres que se esfumaron pronto, igual que sus postulados: T. E. Hulme, Edward Storer, F. S. Flint, Joseph Campbell, F. W. Tancred. Pound se identificó con muchos de sus ideales —entre otros, el interés por las fuentes orientalistas— y pasó a encabezar el grupo, a difundirlo en una antología y dedicarle ingenuas reglas en la revista *Poetry:*

"No usar palabras superfluas ni adjetivos que no revelen algo."

"No creer que la técnica de la poesía es más sencilla que la de la música."

"El poeta debe poblar su mente con las más finas cadencias que encuentre, preferiblemente traídas de otro idioma."

Pero pronto nacieron disensiones en la novísima escuela, y Pound se apartó de ella para integrar otra no menos fugaz y complicada: el vorticismo.

Mathews sigue editando libros suyos de inspiración trovadoresca: *Exultations, Canzoni, Ripostes.* Su poliglotismo y su sed investigadora —encarnados ya en profunda erudición— le permiten agotar las fuentes de otros idiomas: traduce los sonetos de Guido Cavalcanti, y poco después dedica a la poesía china un perdurable entusiasmo de traductor.

En 1912 nace en Chicago la revista *Poetry,* destinada a encauzar las inminentes palpitaciones de un movimiento poético en América. Pound es nombrado corresponsal en Inglaterra, y desde allí envía una intensa labor de creación y difusión de nombres todavía blancos, como Joyce y Tagore, el escultor Gaudier-Brzezka y el músico Antheil.

Mientras, sigue publicando fecundamente: además de ensayos

y traducciones, aparece su nuevo libro *Lustra,* en 1916, que señala una mayor entrega al verso libre y una liberación del calco trovadoresco. Este es un instante de renacimiento poético en América, la casi simultánea aparición de *Norte de Boston,* de Robert Frost, *Spoon River Anthology,* de Edgar Lee Masters, *El hombre contra el cielo,* de Edwin Arlington Robinson, *Espadas y amapolas,* de Amy Lowell; *El Congo y otros poemas,* de Vachel Lindsay, y *Poemas de Chicago,* de Carl Sandburg.

Hastiado otra vez de su ambiente, de lo que ya considera polvorienta aridez londinense, pasa a París en 1920, donde justifica su condición de "tipo de Barrio Latino": pronto se hace familiar en los centros literarios su bohemia de cuello byroniano, gran capa y pelo espectacular. En el ruidoso París de Joyce, de Hemingway, de Gertrude Stein, publica otro libro de ensayos, otro de cartas imaginarias y dos largos poemas que señalan su transición a los *Cantos:* uno de homenaje a Propercio y otro autobiográfico —*Hugh Selwyn Mauberley*— con reflejos del *Testamento* de Villon.

Después de cuatro años en París vuelve a Italia, para establecerse en Rapallo definitivamente, en la casita ribereña que Yeats describe gloriosa de flores bajo el sol. Allí comienza a publicar sus *Cantos,* que señalan un cambio total de formas y conceptos. Sus intereses se multiplican: publica dispares ensayos pedagógicos, políticos, económicos y sociales, que insinúan una decidida pendiente hacia el fascismo.

Al hacer de Italia su patria preferida —aunque manteniendo su nacionalidad— se solidariza desde un principio con la política de Mussolini. Pocos años antes de la guerra publica *L'Idea Statale, El ABC de la economía, Jefferson y Mussolini,* e indigna a amigos americanos al fechar sus cartas a la manera fascista. En 1939 visita su patria, por primera vez en treinta años, pero todas las puertas se cierran a su impertinente intención de difundir propaganda política adversa, y comienza a provocar sospechas sobre su estado mental. Hasta la revista *Poetry* publica un manifiesto de repudio, borrándolo de su elenco.

Le duele otra vez la esterilidad de América para sus innovaciones políticas, como antes para su iniciación literaria, y vuelve a Rapallo. Durante la guerra se entrega a una exaltada propaganda fascista radial, insultando a los Estados Unidos y a Inglaterra, y adulando a sus tristes ídolos. Esas conferencias radiales, dirigidas a América, comprendían disparatadas profecías, tales como:

"Estáis en guerra hasta que a Alemania y el Japón se les antoje. Cada hora de guerra es una hora perdida para vosotros y vuestros hijos. Todo acto lúcido vuestro es un acto de homenaje a Hitler y Mussolini. Ellos os gobiernan, aunque os creáis gobernados por Roosevelt y Churchill. No ganaréis esta guerra. Ni aun a vuestras mejores inteligencias se les ocurriría admitir semejante posibilidad."

Así encauzó su rencor y su encaprichado odio por América, volcando su triunfo de poeta en un triste fracaso de profeta equivocado. Supo mirar, desentrañar sabiamente todo antaño, pero no pudo siquiera rasgar la confusa piel del futuro.

En 1945 fue arrestado por el ejército norteamericano y repatriado después de cierta permanencia en un campo de concentración en Pisa. Ahora cumple su condena de traidor en un sanatorio de Washington, pero su dinamismo no decae: sigue traduciendo a Confucio y acaba de publicar los "Cantos Pisanos", tumultuosas memorias de su prisión en Pisa.

Al dedicarle *La Tierra Baldía,* Eliot da a Pound el título de: "Miglior fabbro", merecido por Arnaut Daniel de una boca anterior y celeste. En otra ocasión dice: "Un hombre que inventa nuevos ritmos es un hombre que amplía y refina nuestra sensibilidad, y no sólo en materia de 'técnica'. En este último tiempo he llegado a maldecir a Pound, porque ya no puedo estar seguro de sentir *mío* ningún verso que escriba; a menudo me adueño, sin querer, de ecos de Pound". Si Eliot así se confiesa hijo de su influencia, cuál no será el dominio de Pound sobre toda la poesía moderna. Es cierto que su euforia y su furia se derramaron como una gran corriente que supo arrastrar los mejores elementos, aún vírgenes, de otras tradiciones y otras escuelas. Adaptó los ritmos provenzales a la lengua inglesa con singular maestría: sus primeros libros son un alarde de perfección, de filigrana arquitectónica. Al mismo tiempo apunta en ellos el ímpetu que se transformaría más tarde en afición didáctica y agresiva.

Cuando empuja sus palabras como poderosas criaturas, con un declamatorio ademán, recuerda un poco la callejera voz de Whitman (a pesar de que Eliot les niega todo parentesco). Este es evidente, sin embargo, en ciertos versos de estridencia mercantil:

> *Id, mis canciones, al solitario y al descontento,*
> *Id al decaído y al convencional,*
> *Id a llevarles mi desdén por sus tiranos,*
> *Id como una gran ola de agua fría.*

Otras influencias, entre lo apartado de la imitación trovadoresca, son las de Browning, Yeats y algunos simbolistas: Corbière, Laforgue, Rimbaud. El nombre de su primer libro, *Personae de Ezra Pound,* es acertadísimo: usa sus máscaras predilectas de siglos anteriores y las vive con toda la carne y toda la inteligencia.

Ensaya ritmos y formas con matemática musical: sus primeros poemas son una construcción exacta, y aunque les falte a veces temperatura, no les falta nunca armoniosa seguridad. (Eliot, igual que él, no descuida jamás el valor musical de la poesía, y hace música de ideas.) Cada vez que se aparta de la delicadeza trovadoresca, cae en una afición didáctica, que, si no es esencial de la poesía, suele ser buen incentivo en épocas adormiladas.

> *Yo sacudiría el letargo de éste*
> *y daría a nuestro tiempo*
> *en vez de sombras, formas de poder,*
> *en vez de sueños, hombres.*

Los que lo llamaron maestro no dejaron de sentirse confortados, empujados por su entusiasmo. Amy Lowell dijo que él tenía el poder de estimular, de transmitir ansias de trabajo y lucha. Gracias a este dinamismo, su papel en el movimiento modernista en América fue decisivo; aunque desde lejos, le infundió voz y le abrió muchos caminos. La inquietud renovadora no le permitió repetir sus propios hallazgos: su poesía es una constante transformación, una gimnasia mental de sucesivas actitudes. La relación entre sus primeras obras y las últimas es comprensible como la de tantos otros innovadores cuyo excesivo afán llega al vértice de la locura.

La transición entre los poemas trovadorescos o discursivos y el caos de los *Cantos* es brusca. Trabajos de traductor y aficiones políticas lo llevan directamente a un torrente informe y espeso, abusado de alusiones, citas y propaganda.

Pound le explicó a Yeats el plan de sus *Cantos* en una difundida confidencia:

"Cuando el centésimo canto esté terminado, tendrán la misma estructura que una fuga de Bach. No habrá argumento, ni crónicas, ni lógica de relación, pero sí dos temas: el descenso al Hades de Homero y una metamorfosis de Ovidio, junto con caracteres medievales y modernos. Se trata de hacer algo parecido al cuadro sugerido a Poussin en *Le chef d'oeuvre inconnu,* donde todos los elementos se aproximan o se mezclan sin bordes ni contornos —convenciones del intelecto—, sino en una salpicadura de sombras y tintas...; un poema donde nada pueda ser apartado y razonado, nada que no sea el poema mismo."

Eliot defiende y justifica este oscuro plan, pero es en realidad muy difícil de descubrir el hilo de su desarrollo, atravesando la complicada fronda. La enumeración dispar, las citas en otros idiomas, son improvisaciones fáciles para la cultura de Pound, para su calidad de artífice capacitado en todas las aventuras poéticas. Los *Cantos* son un largo diario llevado ininterrumpidamente desde 1915. Saltando innumerables alusiones, puede seguirse la ilación del plan: primero la traducción del *Descenso al Hades,* de Homero, después la *Metamorfosis,* de Ovidio, y una confusa y anacrónica introducción de los trovadores. Todo ello disuelto en un elemento común: el agua, como mar, como atmósfera, como frescura, como espejo fragmentador de imágenes. En este uso del elemento impera la destreza característica de todas sus intenciones. En la segunda parte de los *Cantos* introduce figuras del Renacimiento italiano: Malatesta, Sforza, Medici. Este, en un caos político y estridente. En todo este desarrollo no vacila en intercalar directas transcripciones, anécdotas y crónicas de tono periodístico. De allí pasa a un infierno donde retrata los peores sufrimientos para agentes de su odio personal. Es como un vómito de pasiones equívocas, una postura basta e inelegante descendida a un propio infierno inventado para las imperfecciones ajenas. Otros cantos posteriores describen su interés por la Primera Guerra Mundial, las reacciones de su honor y su repugnancia. Les sigue un estudio sobre los logreros de la guerra, sobre soluciones sociales y organización de las masas. Luego, ya en el Canto XLI, entra su preocupación por la economía mundial y su fe en el futuro del fascismo.

Esta es, a muy amplios trazos, una imagen del probable argumento de los *Cantos,* hasta llegar a los "Pisanos", que constituyen una materia todavía más desconcertante. Desde que este libro fue premiado, requiere con mayor insistencia la curiosa atención del público y la crítica: su rencor político, o su comprensivo respeto, o sus opiniones aprendidas. Los *Cantos,* en fin, son como la radiografía de una complicada digestión: comprensible tal vez para los doctores en eruditas disciplinas mentales, pero negativos velados para la mayoría de las minorías.

La Nación, abril de 1949

Dos imágenes: Emily Dickinson y Amy Lowell

"ANSIAR ES COMO LA SEMILLA que se debate en la tierra." Este es un significativo secreto de Emily Dickinson, pasión que la levantó desde su clausura corporal al ámbito más alto de gloriosa liberación.

Los que trabajan en belleza, es decir, en eternidad, suelen no saber que su ansia de cielo como supervivencia es íntima, porque al morir van a su alma, que es su elaborado infinito. Emily Dickinson, quemada de vida y de muerte, se debate en su oscuridad terrenal para poder florecer los interminables mundos de su alma. Es una naturaleza angélica perdida en sí misma.

La misteriosa muchacha de blanco encerrada en Amherst dialoga con las más terribles presencias. Solamente silenciosos papeles conocen el secreto, la cotidiana confidencia de su trágico ansiar y padecer. Mujer de pasión y fortaleza increíbles, se entrega en un lenguaje relampagueante, seco, paradójico, donde asoma, ya la ironía de un angustiado resentimiento, ya la ternura serena y total de los solitarios.

En su sensibilidad la intuición es experiencia, el sueño es carne viva y, sobre todo, la humana felicidad es una tragedia quemante. Sólo de tales materias surge la conciencia del arte verdadero, y en poesía no ha habido mujer capaz de vivirlas igual o

mejor que Emily Dickinson. Estremece evocar su valerosa soledad, que soportaba como una semilla frágil el peso de la tierra
matriz de su pensamiento. Sin embargo, la espera por florecer
no era impaciente, porque la intuición imaginativa creaba una
segura confianza, más aún, un conocimiento de lo definitivo.
Ella describe la más extraña suerte de fortaleza y debilidad en
una estrofa:

> *Qué fortaleza contiene el alma*
> *para poder soportar*
> *el acento de un paso que se acerca,*
> *el abrir de una puerta.*

Esta es la medida de su constante estremecimiento: si tanto le
pesa una sugestión física, cuál no será su temblor ante las eviden-
cias misteriosas.

Ya se ha dicho que Emily Dickinson es siempre Emily Dickinson, pero muy William Blake en algunas vidas. Es cierto que los
hermana un mismo estar solo y sedentario, una misma sed de
eternidad conseguida, un austero lenguaje similar, un desapego
físico que ambos cuentan con igual experiencia.

Ella dice:

> *Y no trates de atar la mariposa*
> *ni de escalar las vallas del éxtasis.*
> *Descansar en lo inseguro*
> *es asegurarse la alegría.*

Y dice él:

> *El que se encadena a una alegría*
> *malogra la vida alada*
> *pero quien besa el vuelo de esa alegría*
> *vive en el alba de la eternidad.*

Puede entonces decirse que una misma naturaleza angélica encarna en William Blake, hombre, y Emily Dickinson, mujer, tras poca distancia en el tiempo. El tuvo aliento para obras de más trabajado razonamiento; ella tuvo ternura para obras de más caliente humanidad.

Emily Dickinson puede decir: "He vivido y he muerto muchas veces: he pasado abismos y cumbres inefables, y al fin de todos estaba yo misma, y sonrío de burla y de triunfo y de desesperación. No desconozco nada, nada me desconoce. Tuve el orgullo de no detenerme ante la muerte, sino que ella se detuvo para mí: viajé en su carruaje por la eternidad. He visto ángeles junto a ventanas y entré en la casa de la rosa; supe embriagarme de aire, de rocío, de vida, y morirme de verdad, de amor, de tinta, de belleza, de sed. Viví sola porque añadir un mundo sensible al ideal me hubiera exigido demasiadas naturalezas; preferí probar un solo trago de vida, por el que pagué, ¿sabéis cuánto?, precisamente toda la existencia. De todo eso me sonrío y por todo eso lloro y me compadezco, ¡ay de mí!, para siempre".

Cuando cayó la luz, violenta y sorprendida, sobre sus encerrados papeles innumerables, y uno a uno se desnudaron sus secretos por el mundo, ella no pudo ver la gloriosa profanación. Pero ya se había pronosticado:

Me pesaron polvo a polvo,
cotejaron membrana con membrana.
Me dieron el valor de mi ser:
Nada más que un pedazo de Cielo.

Amy Lowell, surgida en un momento equívoco y fecundo, en que la política literaria de grupo sofocaba a veces la preocupación individual, deja una huella atrayente, pero envejecida: papel, trapo o flor amarillos por falta de jugo humano.

Su vida inquieta y exterior no le permitió echar raíces emocionales; ella tampoco ambicionaba eso, claro está, en la medida que una ambición genial crea su propio destino. Sin embargo, su figura fue rara e importante, se movió profusamente, y en todo lo emprendido —libro, idea, ismo— dejó una perdurable marca de entusiasmo y vitalidad.

El severo vecindario de Boston se escandalizaba ante su imponente humanidad fumadora de habanos y escoltada de innumerables perros por el jardín del viejo Sevenells. El eco literario afilaba su lengua más cruel para reprocharle las audacias, las innovaciones, los juegos que llenaban su obra. Ella insistía, sin salud, sin descanso, sin desánimo, en su persecución de los poros y lunares de la poesía.

De Oriente había traído una afición por la filigrana, el brillo de laca, la descripción colorista y superficial, que la hicieron fiel partícipe de los imaginistas:

Brillando enormemente,
la luna de otoño flota en el delgado cielo
y los peces del lago sacuden su dorso
y encienden sus escamas de dragón
cuando pasa sobre ellos.

Su sed es describir, descubrir en las cosas el instante más bello y fugaz, con las palabras que más se aproximen en color y música. Así dispone paneles decorativos donde figuran todos los matices posibles menos el de la sangre.

En *Las Hermanas*, ensayo sobre "el montón de mujeres raras que escriben poesía", se identifica principalmente con Safo, Elizabeth Browning y Emily Dickinson, pero se contradice confesando que, pese a su admiración, ninguna de las tres tiene una palabra para ella, porque son poetas emocionales. Ella está entre los limitadamente sensuales; su mundo entra por los sentidos y no llega más que al razonamiento, sin trascender a otra más cálida actividad de la conciencia. Las cosas no despiertan en ella la sugestión profunda de otra naturaleza invisible, no le desgarran la piel, no la estremecen, no la sofocan, porque las mira desde una deliberadamente enfriada distancia.

Supo conseguir lo que quiso: no la originalidad del corazón, sino la extravagancia de la idea. Claro que esta última es conseguible; la primera es divina.

Su virtud fue saber congregar, alentar, solidarizarse. Los muchos que iban a oír su palabra en la hospitalidad de Sevenells la tendrán por bandera inolvidable de un instante desfogado en el roce de la rebeldía y el renacimiento. Momentos como éste, por demasiado heterogéneos, reclaman un tamiz de tiempo que perdona y exalta a actores como Amy Lowell, por su incansable búsqueda, su fraterno afán, su crear honesto. Pero no la perdona en su íntegra lozanía: su tributo a la "emoción", al espíritu trágico lo paga en una amarillecida soledad.

Y no es demasiado cruel recordarlo con sus propias palabras:

Eres hermosa y marchita
como una vieja aria de ópera
ejecutada en clavicordio,
o como las sedas tornasoladas
de un salón del siglo XVIII.

La Nación, noviembre de 1949

Los desnudos faciales de Grete Stern

Yo diría que Grete Stern busca —en lo feo, en lo derrotado, en lo cotidiano— la belleza de la verdad.

En estas fotografías, claros y oscuros no juegan a impresionar, sino que está siempre la luz desnudando todo. Sí, la naturaleza aparece en sus gestos más despojados de la violencia de los contrastes. El análisis, a veces árido, despiadado, es su encanto y su originalidad; y es difícil, porque tiene pudor de los recursos y alcances de "lo bonito".

Las caras están desnudas, ninguna sombra viste o miente el resplandor interno; los churquis, las piedras de Córdoba, en toda su salvaje estridencia; Buenos Aires, en el desolado mediodía de sus techos, y los rincones del pueblo —los más mirados— en su menos mirado interés.

Un realismo amargo, encarnado en el arte de tantos europeos de este amargo ahora, asoma siempre, pero no posando de documento, de alarde o vociferación comprometidos. Es más íntimo y verdadero, quiere exaltar las cosas, enseñar a los ojos a detenerse en ellas, no mirando sino admirando, de modo que hasta lo insignificante parezca lo que es: maravilloso.

Catálogo de la muestra de fotografías
en el Salón Kraft, 1950

La seriedad de los niños

LA PRIMERA Y LA ÚLTIMA imagen que recuerdo de Europa es la seriedad de los niños. Una tristeza honda, acusadora, que nos golpea por las calles en largas miradas responsables de criaturas que parecen contener todo el sufrimiento.

Los niños de París despiertan a un mundo de perfecciones intelectuales y lo asumen con pasmosa serenidad. Contestan con frases rotundas, con gestos exactos; respiran el arte y lo intuyen. Conmueve oír los comentarios espontáneos de un grupo de chiquilines frente a un cuadro del Louvre, oírlos cantar una canción rebosante de literatura, discutir a Picasso.

La otra mañana tuve una impresión cabal de la diferencia que existe entre nuestros niños y los franceses. En un homenaje de pueblo, un grupo de escolares cantaba el himno a Sarmiento, a todo pulmón. Las voces chillonas, impetuosas, brotaban con vitalidad de pájaro salvaje, rectas, desordenadas, inarmónicas. Los niños franceses cantan domesticadamente, con *responsabilidad,* todos son o pueden ser pequeños cantores.

En un país donde el privilegio malcría y desresponsabiliza, desde la primera edad somos melancólicos, de preferencia en un jardín, y ésa es la mentira y el drenaje de nuestra vitalidad. Los niños de Europa son trágicos, esclavos de negros corredores de ciudad, conscientes de la amenaza y el desastre, frágiles y sinceros. Es imposible no sentirse culpable ante sus ojos acusadores. Aun desde los cochecitos, bajo el económico sol de los jardines de Luxemburgo, nos vigilan chupetes incrustados en enigmáticas esfinges con gorro tejido.

Quizás ignoramos que todos los niños son serios. Unos trágicos, otros melancólicos, otros disimulados, siempre están más allá de la cárcel de tonterías en que pretendemos encerrarlos y distraerlos de la verdad. Este secreto sólo lo saben compañeros imaginarios, hojitas de jardín arrugadas en una mano sucia, zoológicos minúsculos en cajas de zapatos, en fin, todo ese universo que puebla y desampara la soledad de un niño. Su seriedad es un enigma que sólo nos pide culpabilidad y ternura.

La Gaceta de Tucumán, 1956

Juan Ramón Jiménez, Premio Nobel

PRESENCIA Y DIÁLOGO

El existe de tal modo que parece robarnos el aire y el tiempo. Languidecemos a su lado como si su fuerza poética nos aplastara. Sólo así puedo evocar la presencia física de Juan Ramón. Nos nutre pero nos paraliza. Aún ahora, a la distancia, a una distancia acentuada por su gloria creciente, debo hacer un terrible esfuerzo para intentar describirlo, con mi constante mezcla de devoción y encogimiento. El suele apenarse de que lo enfrentemos como a un examinador, e indignarse del hermetismo que provoca en la gente joven. Su generosidad, su interés humano, no contrarrestan siempre el abismo de pavorosa confusión que, probablemente, se entretiene en suscitar. Siempre me he sentido borrada a su lado, como si sus ojos me estuvieran corrigiendo, culpable de no ser ángel de la perfección poética o demonio de la belleza total. El ansía el diálogo, pero lo imposibilita. Es a menudo el ogro tierno a quien sólo el inocente se confía, el que ignora el pavor por la poesía personificada. Juan Ramón nos busca desde un cruel misterio adonde no podemos alcanzarlo, y si nos tiende la mano es para hacernos tropezar.

MARYLAND, 1949

Era difícil compartir su casa y sus días. Muy temprano amanecía su voz, despertándome a la fatalidad de una mañana ya clasificada por su entusiasmo: los árboles, la nieve, los pájaros. Yo había dormido de puntillas, cuidando que mi sueño no perturbara su aire a través de los muros. Cada día tenía que inventarme coraje para enfrentarlo, repasar mi insignificancia, cubrirme de una desdicha que hoy me rebela. Me sentía averiguada y condenada. He padecido la poesía de su estar, de sus actos cotidianos, con una fría devoción que creo él nunca entendió. Suelo evocar con rencor a la gente que, mayor en mundo, tuvo mi verde destino entre sus manos —destino tan obvio o tan importante como el de cualquier mortal— y no hizo más que paralizarlo. No es que requiriera la fórmula de vida ni el consejo edificante, sino que me permitieran respirar por mis propios medios y equivocarme sin inquisiciones. Con generosa intención, con protectora conciencia, Juan Ramón me destruía, y no tenía derecho a equivocarse porque él era Juan Ramón, y yo, nadie. Sólo alguien que esperaba el diálogo y recogía la torpeza. ¿En nombre de qué hay que perdonarlo? En nombre de lo que él es y significa, más allá del fracaso de una relación. Pero la vergüenza de un nadie es culpa menor que la ceguera de un poeta. Me aleccionó en el análisis y la destrucción; he necesitado mucho tiempo y mucho mundo para desbrozar, en esa cátedra, lo estéril de lo positivo, para llevar mis sentimientos a un plano de objetividad, considerándolo con justicia. Juan Ramón es el mito, el grande de quien esperamos una palabra, si no definitiva, al menos pura, y no un vano ensañamiento. Quizás es tonto exigir esa especie de santidad de un artista, quien, pese a nuestra canonización particular, es siempre compendio de todas las facetas humanas.

EL Y LOS DEMÁS

Nunca he podido participar de los coros unánimes de obsecuencia que rodean a los genios, ni aliarme ciegamente a sus detractores. Más allá de estas dos hispánicas posturas, quisiera condenar respetuosamente a Juan Ramón, al mismo tiempo que trazar su defensa. Muchos que están unidos a él por una enemistad añeja y rencorosa se indignarán de que alguien defienda la crueldad de sus gestos en la política literaria. Yo suelo justificarlos, aunque renuncio a entenderlos en un ser tan profundamente noble, porque obedecen a una implacable línea de exigencia y a un sistema de higiene particulares e incomprensibles, que impiden a Juan Ramón juzgar con generosidad, para obligarlo otras veces a pecar de indulgencia doméstica. Esta norma no es sino la caricatura de la que practicamos todos los que tenemos libertad de opinión. En el viciado mundo de la literatura es imposible ser fiel a Juan Ramón y a los demás. Yo elijo la fidelidad hacia su persona y su poesía, porque las considero ejemplares más allá de las sombras que nos arroje su conducta de crítico feroz y de difícil amigo.

SOLEDAD CON ACÚSTICA

Sin embargo, formas profundas del amor y virtudes que considero esenciales en lo intemporal y lo cotidiano, las he hallado exaltadas en Juan Ramón. Su desdén por el salón y el privilegio, su sincera complicidad con los desprotegidos. La soledad, el trabajo y la pobreza eran sus diarios materiales. En un momento en que la gloria podía haberlo petrificado en figurón cómodo y engolado, él seguía —y no dudo de que sigue— siendo el austero hacedor y corrector. No ha perseguido la gloria por el camino fácil de los salones, sino que la gloria lo ha buscado a pesar de que él existe *contra* toda protectora cofradía, fuera de toda lucrativa maquinación. Su soledad, contrariamente a la creencia que ha dejado el famoso cuarto impermeable de Madrid, es una soledad profundamente vibrante con su ámbito y su tiempo. Juan Ramón es increíblemente joven, *actual* en sus ideas y sus preferencias. Nadie más distinto del solitario de vitrina, del literato limitado a sus papeles. La poesía de los actos y las actitudes mide al poeta más que la habilidad sobre el papel, que finalmente significa tan poco en este mundo de fatales e infernales convivencias. Juan Ramón *vive* su tiempo, tanto como revive amorosamente los seres y los gestos de su pueblo, que yacen en un pasado roto. Lo he visto comprender y amar infinidad de cosas que escapan a la tan pobre consideración de los escritores que —digámoslo con una barata frase marxista— están "divorciados del pueblo". Del pueblo, la vida, la tierra y lo cotidiano, como sucede en general en las ciudades de Sudamérica. A pesar de que incontables profesores pueden averiguar mejor que yo la poesía de Juan Ramón, aventuro contradecir su confinamiento en un plano de *depurada abstracción*. No comprometida y jamás prostituida, es una poesía humana y humanizante. (Juan Ramón puso toda su humanidad en su obra y toda su inhumanidad en su vida de relación.) La insistencia con que ha llenado infinitos cajones, cuartos y casa de papel escrito, manifiesta una intención de amarlo todo por la poesía, más allá del juego literario y la aventura ideal. Esto no contradice su pasión del desdén, que va en general dirigida a seres o cosas dotadas de alguna forma de artificio. Una especie de pureza primitiva lo acerca a lo sencillo, aunque a veces ese acercamiento se produzca de tortuosas maneras.

ESPÍRITU FOLKLÓRICO

Por eso y por español, Juan Ramón es un espíritu folklórico. Y quiero reivindicar esta palabra no pocas veces desprestigiada en tanta literatura apestada de literatura, como es la de las revistas literarias. Parte de la fuerza de todo español, literato o no, reside en su condición *folklórica*. El español está nutrido de España, sucio de tierra española, abarrotado de coplas, con una guitarra derretida en la sangre, con un jugo ancestral que asoma hasta en sus mayores disimulos. ¿Qué es *Platero y Yo,* sino folklore español, pueblo hablando por la boca de un andaluz irremediable?

EL Y NOSOTROS

Desgraciadamente, Juan Ramón no conoció el pueblo ni la tierra argentina, pero los sospechó mejor que nosotros mismos, que en general somos doctores en París. Se quedó con la ilusión de ir a la Quebrada de Humahuaca, que amaba desde el nombre. Lo pasearon por los salones, y él consiguió hacer una que otra escapada hacia encuentros anónimos, ventilar su rebelión de los confinamientos literario-mundanos. Pero estoy segura de que nadie intentó mostrarle un verdadero ápice de la Argentina folklórica, salvo alguna payada para gringos o una lujosa edición del *Martín Fierro*. Amaba a nuestro pueblo a través de su música, de unos discos que sonaban a diario en la casita de Riverdale. Alguna vez me hizo avergonzar de mi desabridez telúrica. Siempre le agradeceré esa invitación a la conciencia, que me ha refundido las raíces, y que trataré de ahondar toda la vida. Ningún escritor nos ha dado más existencia, como pueblo sospechado y como literatura *escondida* (y eso que no tuvo ocasión de decir *piedra libre* a las coplas de bagualas), y nadie ha valorado mejor nuestras tentativas y calidades. A su lado hemos aprendido que la presencia física de un poeta es, y debe ser, avasalladora y escabrosa de duras verdades e inútiles escarmientos. Como si bajo su imperio estuviéramos todos de más, y sólo hallara gracia el inocente que dejó los papeles en blanco, o lo arrasado por la poesía total.

Revista *Sur,* enero de 1957

Pedro Salinas
y su triángulo de silencios

UNA VEZ ESTUVE HABLANDO —empiezo mal—, estuve escuchando largamente a Pedro Salinas. La suya es una de esas finas elocuencias españolas imposibles de retribuir y, además, ante los *maestros* me parece preferible guardar una actitud silenciosa y receptora. (Hay casos de absorbencia caudalosa en que no queda otro remedio.) Gentes que han vivido, escrito, visto, amado mucho, vuelven de un viaje cuyas peripecias tienen que contarnos, y nosotros, los todavía en camino, tenemos que oír.

No estoy convencida de esto que digo, creo que es una manera de justificar esa inhibición que muchos llevamos como una cáscara silenciosa, y que suele estallar, hacia fuera, en intempestiva belicosidad, y hacia dentro, en sonreída desaprobación.

Con sus viejas casas iguales de ladrillo oscuro, olor a humo, gentío aturdido, calles calurosas, la ciudad de Baltimore me pareció de una espesura deprimente. Pero, en las afueras, se despeja, se desahoga en floridas avenidas residenciales, en un lujo de jardines y verdes. Allí está la pequeña pero importante universidad Johns Hopkins, donde el profesor Pedro Salinas dictaba entonces dos cursos, uno sobre "Temas de amor en *Don Quijote*" y otro sobre "Lírica latinoamericana desde el modernismo hasta nuestros días".

En un árido despacho me encuentro con su corpulencia, su amable verbosidad, sus pequeños ojos azules ahondadores. Parece que se alegra de recibir a una mensajera de esa parte del mundo que —por cierto rencorcito de su memoria— se imagina, de tan lejana, resbalada ya del planeta, y flotante en un espacio ideal.

Salinas contagia una inseguridad, una hermosa vacilación que posiblemente tiene la más conmovedora raíz humana: eterno descontento de creador, desasosiego de aislado, esa agonía de paternidad arrepentida que debe de sobrevenir al cumplir cierta madura edad de volúmenes publicados. Creo que Salinas es uno de esos poetas constantemente náufragos, necesitados de apoyo confirmativo, de diálogo. Es lógico que así sea. Muchos desdeñan el vaivén exterior tal vez porque lo sienten demasiado seguro: quisiera saber si, en su aparente enclaustramiento, no consultan a diario alguna mágica caracola que les alcance el eco de los ecos, la sombra de una comunicación que, ay, es indispensable.

La vida de un poeta en Estados Unidos tiene que ser dura, sobre todo la de un poeta español, pero no por las razones que obligadamente están en boca de los yankófobos de profesión. No creo que el desconsuelo más importante lo cause la Coca-Cola, la fiebre de estadísticas, la televisión, el chicle o la trompeta de Harry James, caprichos de una civilización improvisada y admirable, de los que bien se puede huir, o asimilar con provecho. No. Creo que la enemiga mayor es una amiga imprevistamente traidora: la paz conseguida. En Estados Unidos se puede realizar el milagro de aislarse, porque el respeto vecinal existe. Si casi todos los poetas norteamericanos viven solos y desconectados (con acertadísimas razones lo explica Stephen Spender en un artículo recientemente reproducido en la revista *Realidad*), cada uno en su ápice del país inmenso, con más razón deberán estarlo los que sufren las limitaciones del idioma. Hay lugares como Washington y New York donde los latinoamericanos abundan, y entre ellos puede hallarse una compañía, un auditorio, pero en la mayoría de los lugares, como es de suponer, el encuentro es más difícil. La soledad de un desterrado español tiene que ser doblemente angustiosa en cualquier punto donde no recobre la imperiosa costumbre de usar su idioma. Y yo le pregunté a Salinas, lo mismo que a algún otro español, si le conformaba su vida en Estados Unidos, y, a pesar de los inevitables reparos, debieron reconocer el respeto y la seguridad de que difícilmente disfrutarían ahora en otra parte del mundo.

Salinas se quejaba de estar sumido en un triángulo de silencios: el vértice inmediato en Estados Unidos, el otro en España y el otro en Sudamérica. La falta de eco literario en Estados Unidos debe de ser, en cierto modo, consoladora, porque no creo que a un poeta español le confortara mucho figurar entre deplorables *best-sellers*. El silencio de España está hecho de los ecos que a Salinas no le interesa oír, y el silencio de Sudamérica es el más inexplicable y tal vez el que más le duele, porque sin duda son halagadoras las réplicas de los países jóvenes. Le digo que, por lo menos en la Argentina, sus admiradores son muchos, que lo leemos y lo conocemos bien. Me hace un resentido gesto de sorpresa:

—Yo no me entero de nada.

Tal vez porque somos reservados o egoístas en lo que a efusiones admirativas se refiere. Le dije que, a mi parecer, la vida literaria de nuestro país sufría la desorganización común a tantas otras de sus actividades de país joven y disperso. La desorganización, en nuestra literatura, tiene una primera evidencia: la falta de crítica. Difícilmente un escritor puede confiar en la justicia orientadora de la censura o el elogio. El lector tiene que andar a tientas, y no se anima, después, a transformarse en crítico y dar su fallo al autor: ésa es, posiblemente, una de las razones del silencio. Supongo que en otros países de Hispanoamérica misteriosamente demorados aún en el inefable Santos Chocano y el culto al álbum, el silencio tiene que ser peor, por lo menos llegará con unos cuantos años más de retraso.

Después me confió:

—Supongo que usted, en Buenos Aires, tendrá una gran suerte que yo también tuve de joven: poder escribir para un grupo de amigos. Es muy importante contar con una audiencia reducida pero segura.

Pero como Juan Ramón Jiménez ya me había aconsejado:

—No hay que hacer vida de peña, no hay que escribir para un grupo de amigos, y caer en gracias de moda. Hay que mirar a un horizonte intemporal.

...yo recogí obedientemente las dos soluciones, convencida de que, como los poetas siempre tienen razón, es mejor no hacerles caso.

Salinas conoce bien a los escritores argentinos, tiene preferencias y juicios acertadísimos. Y con tono desilusionado confiesa que su viaje a Buenos Aires parece ya, definitivamente, una de sus esperanzas frustradas.

Después de la prolongada charla literaria pasa a hablarme de un "misterioso caballero, el único con quien hasta ahora no ha tenido desacuerdos". Me intrigo, y entonces aclara:

—Es que soy dichosa víctima de la "abuelidad". —El misterioso caballero es su primer nieto, de quien no pierde oportunidad de hablar con un entusiasmo conmovedor.

Salimos, ya al atardecer, a acabar nuestra conversación por el parque de Johns Hopkins. Me muestra los árboles amigos más bellos, a pasos lentísimos, hablando siempre, con ademanes ya favorecidos por el aire libre. Se imponía un elogio de la lentitud:

—¡Ah, quisiera darme el lujo de no tener prisa nunca! Acá todo el mundo corre porque sí, se inquieta, se afana, se fatiga, no conoce la felicidad de perder el tiempo...

Pero quisiera poder recordar cada una de sus frases, porque Pedro Salinas, como buen escritor español, es un esclavo de la exactitud, tiene la sensualidad del lenguaje, saborea y mastica delicadamente cada palabra. Mi conversación, tartamudeante y breve, quedó esa tarde vergonzosamente ilustrada de rojo. A cada uno de mis galicismos, de mis barbarismos de "americana bárbara", los pequeños ojos azules se inquietaban con más y más desconsuelo en su aire de naufragio.

Revista *Realidad*, 1957

El dinero y la cultura

NUESTRA CULTURA NECESITA dinero. Eduardo González Lanuza expuso, con necesaria violencia, y en estas mismas páginas de *La Gaceta*, una de las miserias vergonzozas de nuestro país: el estado de indigencia de la Biblioteca Nacional. La enumeración de nuestras miserias culturales podría llenar de rubor infinitas páginas, porque habría que publicarlas con tinta roja, para ver si llaman la atención de quienes tienen la posibilidad de remediarlas. Creo que hemos adquirido el vicio de apelar a un Estado-niñera protector de la cultura. Sin embargo en estos momentos el Gobierno no puede, o no quiere —mediante un régimen de impuestos—, o quizá no debe, proteger (que fatalmente se confunde con *dirigir*) instituciones ni personas ni actividades. Es necesario solicitar la iniciativa privada, pedir, una vez más, justicia, con cara de limosneros y descorazonados de antemano.

"El odio es un fracaso de la imaginación", dice Graham Greene. Es de suponer que en nuestro país no falta generosidad, pero tampoco abunda la imaginación ni el conocimiento de los problemas y necesidades. El egoísmo, como el odio, está compuesto de cobardía y falta de imaginación. Posiblemente, quienes pueden ennoblecer su dinero, no saben cómo ni a quién dar; en el mejor de los casos tranquilizan su conciencia ejerciendo una vaga caridad. El arte y los artistas siempre tuvieron mecenas, en todas las épocas y en casi todos los países civilizados, menos en la Argentina. Unas pocas excepciones no bastan para atenuar esa penosa verdad. La mayoría de los privilegiados se escandalizaron de los atropellos cometidos por la tiranía contra la cultura, se siguen escandalizando y continúan atribuyéndole todas las calamidades y carencias. Pero ¿qué hicieron para compensar prácticamente esos atropellos? —"solidarizarse moralmente", dejando que todo siga de mal en peor. Su indiferencia es agresión, su egoísmo es complicidad. Recursos no prestados, falta de cooperación paralizan y maniatan tanto como la cárcel y las prohibiciones. No se trata de discutir valores estéticos ni de plantear problemas abstractos. Se trata de que nuestra cultura se muere de hambre, se trata de pronunciar, sin mojigatería, una clave de su defensa, una prosaica palabra: *dinero*. A los privilegiados, cultos o ignorantes, no les interesa el progreso espiritual de nuestro país. Progreso significa, para unos, rascacielos, agobio de nylon, importación de coches. Y en cuanto a otros, cuando les interesa la cultura, van a buscarla a Europa, porque *aquí no hay*.

La cultura no es un fenómeno aéreo, impalpable y abstracto, es la obra concreta de unas cuantas personas de carne y hueso. Pero se supone que estas personas viven de la nada, como en el poema de Rimbaud: "almorzando aire, carbón y piedras". Quisiera advertir tímidamente y asistida por el señor Pero Grullo, que el artista suele tener necesidad de comer comida y pagar alquiler, y que para ello no le basta la "solidaridad moral", ni el olor de la fama, cuando la consigue. Es justo que, al menos de vez en cuando (sobre todo después de haber sido víctima de una dictadura) pueda ser retribuido por su trabajo. Sin embargo, la mayoría de las instituciones oficiales y privadas descuentan que el artista debe considerarse pagado y agradecido sólo por la oportunidad de disponer de un público. En los empresarios de la cultura se da una vergüenza exquisita para nombrar cifras y sugerir retribuciones. Si el artista tiene la osadía de reclamarlas se desprestigia y se convierte en un infame monstruo mercenario, en un juglar indigno. Hay un robo elegante y románticamente legalizado: el robo al artista. Se le roba su trabajo, explotando con sentimentalismo su desinterés, su pudor y su incapacidad práctica. El artista llega a los empresarios de antemano humillado, sean éstos editores, organizadores, jurados u otras eminencias petrificadas tras escritorios solemnes. Llega aplastado, resignado a las burocracias, demoras, trámites, soslayos, desprecios, ironías e injusticias que fatalmente debe soportar. Se siente culpable de no ser gerente de banco u otra "célula útil de la sociedad", sabe que su aporte resulta un lujo eternamente postergado y sospechoso.

Existe un organismo oficial que debiera remediar parte de estos males. Es una institución improbable y fantasmal, llamada Dirección General de Cultura, que, entre otras gratuitas prestidigitaciones, paga a concertistas el microscópico cachet de doscientos pesos (afortunadamente por cada recital y no por la docena). Claro que les ofrece la "oportunidad de presentarse en público", y otros chantajes sobre el futuro. Pero omitamos, por decencia, la bochornosa enumeración de calamidades oficiales, porque tendríamos que hablar de Universidades, Institutos, Bibliotecas, Museos, y es ya entrar en el terreno de la mitología. Existen poderosas instituciones privadas, entidades comerciales, sociedades más o menos anónimas que podrían ofrecer a los artistas la oportunidad, tan rara antes de morirse, de ser retribuidos dignamente.

Pongamos el ejemplo del Automóvil Club Argentino, cuyas posibilidades económicas andan, sin duda, sobre ruedas. Organiza pomposamente un "Ciclo de actividades culturales". A tres escritores de renombre les retribuye conferencias con la suma estelar de quinientos pesos. La suma es astronómica porque se trata de "vedettes" literarias. Pero cuando se proponen alentar a la juventud, tiran sin consultar un cachet global de mil pesos a repartir entre seis poetas jóvenes, que tienen la inocencia de aceptar sin protestas su parte de 166,66. Mencionamos de paso el archidorado y rimbombante Salón de Conferencia de uno de nuestros mayores diarios, que no paga sino con el insigne honor...

Una gran firma comercial tiene la idea, sin duda inusitada y admirable (de paso autopublicitaria), de instituir dos grandes premios. Estos premios vienen a ser, como dijo Bernard Shaw del Nobel, salvavidas arrojados a los que ya llegaron a la orilla. Porque para aspirar a ellos es necesario haber sido _ya_ abundante y oficialmente premiado. Si los premios-jubilación no están de más, no sería obvio instituir algunos que estimularan el despertar de una vocación, y no sólo su apogeo o decadencia.

Como creo inútil apelar a la responsabilidad o la generosidad de las editoriales, masonerías fosilizadas de rutina y voracidad, sólo sugeriría que manos X costearan la edición de esos libros —generalmente de poesía— que los editores consideran un suicidio económico y un agravio personal.

En nuestro país no hay una sola fundación particular que otorgue becas o premios, que aliente de algún modo la investigación, el estudio o la creación. Parece que aquí el dinero está destinado a engendrarse, reproducirse y alimentarse a sí mismo infinitamente. Total, dirán muchos, para qué desperdiciarlo, _si la cultura argentina no existe..._

La Gaceta de Tucumán, 1956

Según pasan las décadas

La poesía en la primera infancia

ESTA INVITACIÓN A PARTICIPAR en las Jornadas Pedagógicas de OMEP*
puede resultar algo sorprendente. Por lo general, y para desgracia de todos, la pedagogía se ha mantenido divorciada de la poesía y no es habitual que un poeta sea invitado a deliberaciones
como ésta.

Me refiero en especial a alguien que, como yo, está desvinculada de toda actividad pedagógica y teme pronunciar simples opiniones que pudieran ser tomadas como dogmas o teorías. Me parece oportuno dejar sentado de entrada mi derecho a ser arbitra-
ria y solicitar que esta informalísima charla no sirva para solucionar sino simplemente para plantear, compartiéndolos con ustedes, dudas, interrogantes y sospechas.

Creo que todo cambio de ideas se presta a malentendidos si
previamente no nos ponemos de acuerdo en un punto: qué tipos
de seres humanos queremos formar a partir del Jardín de Infantes. Si valoramos la sensibilidad sobre la habilidad, si queremos
formar seres lo menos maleables posible a las presiones de una

---

* Organización Mundial de Enseñanza Preescolar.

sociedad enloquecida podemos empezar a hablar de poesía y Jardín de Infantes.

La poesía está rodeada de muchos prejuicios. El niño se enfrenta con ellos —velada o directamente— ya desde el ámbito familiar. Poesía o versificación suelen considerarse una blandura, un afeminamiento, un arcaísmo. Los argentinos cultivamos el pudor de los sentimientos y el culto a la sensatez. Lógico es que ahuyentemos una forma de expresión que incluye el desenfreno de la fantasía y el desorden del afecto. Además de esa soterrada guerrilla familiar, hay otra guerra declarada contra la poesía y es la que libra denodadamente la escuela primaria, dedicando notables esfuerzos a destruir el instinto poético del niño. Al Jardín de Infantes correspondería, en primer término, suplir la carencia sufrida en el hogar y prevenir la epidemia de sensato prosaísmo desatada en la escuela.

El Jardín recibe a los niños en la edad en que parecen más libres y dispuestos a aceptar y asimilar un sentimiento poético de la vida. Para no destruirlo, sería importante que el maestro desterrara de su mente el prejuicio de que la poesía es útil, aplicable o alusiva a temas escolares. La poesía no alude más que a sí misma, sopla donde quiere y es preferible que no forme parte del temario sino del recreo, que se integre más en el juego que en la instrucción.

Existe otro factor muy importante: la convicción y el contenido afectivo con los que el maestro ofrezca la poesía a los niños. Justamente al estar desesperados los maestros por encontrar versos alusivos a temas dados, los transmiten y enseñan sin convicción. Descartan el gusto y el placer y los reemplazan por la obligatoriedad.

Ustedes no desconocerán teorías de pediatras modernos que dan un enorme valor no ya al alimento que la madre proporciona al niño, sino al *cómo* se lo da. Creo que lo mismo sucede con un alimento puramente espiritual. La maestra tiene que estar convencida de que el "Arroz con leche", pongamos por caso, es una hermosa canción para transmitir. Si siente, en cambio, que tal versito es un *bodrio* pero alusivo a un tema establecido, va a transmitir su secreto disgusto al niño.

Esto nos lleva a encarar otro problema: la formación literaria del maestro, que a su vez está desorientado por el mal gusto que puede haberle sido inculcado desde sus propios estudios primarios. El maestro, como todos, tiene que encontrar su camino, un poco a tientas, buscando materiales que le produzcan placer, comparándolos con las grandes obras, formando su pequeña porción de cultura desvinculada de utilitarismo didáctico. El maestro puede haber descuidado la formación de su propio gusto estético, no tener noción clara de los valores, cosa que no es pecado irreparable mientras se sientan realmente deseos de superarlo. No es fácil que el maestro tenga un concepto más o menos acertado de la verdad poética —y la limito aquí como es lógico a la poesía para niños. Tendríamos que recapacitar un poco sobre el lugar que ocupa la poesía en nuestra sociedad. No volemos tan alto como para hablar de Poesía, refirámonos simplemente al juego de la versificación y la imaginación, ese que existe de manera tan espontánea en las comunidades campesinas de algunos países, por ejemplo. Entre nosotros, y en especial en las ciudades, la poesía está confinada, de manera inmediata y naturalmente tristísima, a ciertas formas de la propaganda. Pensemos que nuestros niños, desprovistos de abuelas tradicionales o nodrizas memoriosas, lo primero que oyen y aprenden son los *jingles* publicitarios. De lo que se deduce que una de las actuales nodrizas del niño es la televisión, y que de ella absorbe las más precarias formas de versificación, música y atropello de la sintaxis. Una seudopoesía destinada no a despertar sus sentimientos y su imaginación, sino a moldearlo como consumidor ciego de un orden social que hace y hará todo lo posible por estupidizarlo.

Solicitado por los *jingles* o los malos versos didácticos, el niño no tiene más camino que el que le abran con segura mano sus maestras del Jardín de Infantes.

Me parece necesario insistir en que la función primordial de la poesía para los niños en edad preescolar es proporcionar placer, alegría, ser en definitiva una modesta forma de felicidad. Quizá los elementos humorísticos nos permitan competir con los grandes atractivos que ofrecen los medios masivos de difusión. ¡Cómo puede competir una humilde cancioncita contra los tremendos atractivos de Batman! Sólo lo cómico puede ser igualmente atrayente, o casi. Y es triste reconocer que lo cómico, lo humorístico, estaba hasta hace muy poco tiempo desterrado de nuestra enseñanza, como elemento al parecer "pecaminoso".

Sin embargo, nada más "pecaminoso" que la tristeza, esa tristeza que hemos querido inculcarles a nuestros chicos a través de una vasta y mediocre producción poética llena de lúgubres resonancias.

Otro problema que enfrentamos al referirnos a la poesía apta para niños es el de la claridad y la oscuridad. Estos valores son relativos y quizá no debemos juzgarlos como adultos. Creo que el niño ama especialmente lo que no entiende. Hace poco que aprendió a hablar, y se supone que no sólo aprendió para expresar sentimientos y sobre todo necesidades, sino que también aprendió a hablar por hablar, a enamorarse muy temprano del simple sonido de las palabras y de sus posibilidades de juego. Es la misma edad de los pueblos primitivos, que usan la palabra con un sentido, mágico o como conjuro. Seleccionar los versos en la medida en que sean absolutamente comprensibles es un acto insensato. La poesía primitiva —del niño o de los pueblos— está siempre llena de sonsonetes, de estribillos, de onomatopeyas y sonidos incomprensibles.

Claro es que estos juegos verbales difícilmente pueden ser improvisados. Si no provienen del folklore o de un auténtico poeta pueden caer en la más obvia ñoñería. En el folklore, los juegos verbales han sido aprobados y decantados por la sabiduría de generaciones. Y un auténtico poeta puede recrearlos o inventar otros también, gracias a su prolongado uso del idioma. Creo que todos los sonsonetes tradicionales, el repertorio de refranes y cantilenas folklóricas siguen teniendo una vigencia y un sentido profundo que el Jardín de Infantes debe preservar.

Muchas veces me han formulado preguntas acerca del "disparate", como si el disparate fuera una novedad. El juego silábico sin sentido, que en español llamamos *jitanjáfora,* es viejo de toda vejez. Las situaciones y personajes disparatados siempre existieron en la tradición de los pueblos. Claro que el disparate fabricado a la fuerza puede ser tan peligroso y descaminado como la poesía forzadamente didáctica. El llamado "disparate", cuando proviene del folklore o de un poeta, es un elemento de doble fondo; actúan sobre él, de manera casi mágica, influencias subconscientes que le dan una lógica implacable, como son implacables las leyes lógicas de la más disparatada imaginación infantil.

Por estas razones es difícil pensar en una poesía absolutamente comprensible y aun calificarla para las distintas edades. Si indagamos en el sentido de los versos "arroz con leche, me quiero casar" veremos que están aparentemente desconectados de toda lógica. Sin embargo, es probable que sedimenten residuos de viejas tradiciones, de costumbres que desconocemos. Por ejemplo: la práctica de arrojar arroz sobre los recién casados. De todas maneras, es improbable que un niño de cuatro años se interrogue sobre el correcto significado de una canción cuyos elementos, por separado, le son familiares.

Hasta ahora, toda auténtica poesía destinada a los niños es formalmente perfecta. Son perfectas las canciones folklóricas que hemos heredado, son perfectas las que crearon los poetas. En el Jardín de Infantes, sin embargo, se improvisa mucha poesía, defectuosa, asesina de la sintaxis, abarrotada de diminutivos y pobres rimas hechas de verbos en infinitivo. El poeta es el único capaz de versificar para los niños, y no por elegido sino por artesano. Supera al lego bien intencionado en la misma medida en que un ebanista supera a un lego en la confección de un mueble. Por eso insisto en que la poesía para Jardín de Infantes debe rescatarse del folklore o de la obra de los auténticos poetas, aun de fragmentos que no hayan sido creados especialmente para niños.

La poesía destinada al niño en edad preescolar pertenece al reino de la imaginación y del juego más que al de la didáctica. Es evidente que el reino de la imaginación no tiene fronteras, que los personajes poéticos son naturales de cualquier país y por lo tanto muchas veces son importados. Pero creo que es importante acercar al niño a su realidad cotidiana e impregnarlo de conocimientos vinculados al acervo de su propio país. Esta puede ser base sólida sobre la cual inculcar sentimientos patrióticos y no patrioteros. Esto parece obvio y sin embargo no lo es. Solemos estar muy desvinculados de nosotros mismos. He visto cómo en el interior del país maestros sumamente equivocados querían sustraer al niño de las canciones y los giros idiomáticos regionales heredados y reemplazarlos por otros falsamente "culturales".

La poesía para niños es aparentemente escasa, pobre y poca entre nosotros, pero la maestra jardinera está en condiciones de incrementarla realizando su pequeña antología personal, hecha de fragmentos, de consultas a viejas recopilaciones, tratando siempre de preservar lo que pertenezca al repertorio folklórico. Creo que no debe esperar demasiado que le ofrezcan cosas hechas, manuales y tratados donde esté diagramado, teorizado y desarrollado el programa a seguir. Creo que es más importante lo que la maestra puede ofrecer de su propia cultura personal, de su búsqueda y elección.

Nunca está de más recomendar la frecuentación de las recopilaciones realizadas por don Rafael Jijena Sánchez. El acostumbra incluir en sus antologías fragmentos apropiados para niños de muy distinta edad. Sólo la maestra puede seleccionarlos según su criterio y su experiencia.

Hace pocos instantes hablamos del poeta como artesano, y de la artesanía necesaria para crear la más sencilla coplita infantil.

Supongo que ustedes se habrán preguntado por qué existen tan pocos poetas para niños. Y supongo también que esa pregunta tiene muchas respuestas. Yo solamente aventuraría algunas suposiciones.

El escritor, que busca una comunicación con sus semejantes, en general no considera que el niño sea su semejante sino su inferior. Entre los literatos se suele considerar de manera un tanto despectiva la actividad de escribir "para niños". Entre otras cosas, los niños no fabrican prestigios literarios: no escriben crónicas en los diarios ni otorgan premios ni ofrecen becas. Fuera de estas razones tangenciales sin duda existen otras mucho más profundas. Si indagamos un poco en la vida de los más importantes escritores para niños, tenemos la impresión de que han pagado muy cara su vocación. En general han ofrecido una poesía brotada de la soledad y del dolor. Se han replegado en la búsqueda de la inocencia para conjurar una realidad amarga o sombría.

Bastante conocido es el ejemplo de Andersen, el gran solitario. Preferiría comentarles muy epidérmicamente las vidas de los que considero los dos más grandes poetas para niños que hayan existido: Lewis Carroll y su contemporáneo y compatriota Edward Lear. Muchas cosas tenían en común estos dos ingleses. Una sobre todas: la de ser terrible, absoluta y espantosamente solterones. El caso de Lewis Carroll es por demás interesante y curioso. Podemos decir que es el poeta que realmente puso el mundo patas para arriba, el hombre que tuvo la imaginación más desenfrenada en el mundo de la literatura infantil. Todo este juego insensato se basaba, por contradicción, en el orden implacable de una mente dedicada a las matemáticas y la teología. En una mente ceñida a la mayor rigidez de la Inglaterra puritana. Y digo deliberadamente su mente, porque de sus sentimientos sabemos poco y nada. La poesía de Carroll es una sana explosión en un mundo de rígida y a veces cruel sensatez. Parecidas características tiene la poesía de Lear, su contemporáneo y quizá maestro, a pesar de que jamás hicieron mutua referencia de conocerse o estimarse. Ambos fueron sabios ladrones de la tradición, creo que es la máxima fuente de inspiración de todo el que escribe para niños. Carroll en especial utilizó, a menudo parafraseando con gran sorna, las viejas *Nursery Rhymes* recreando a sus personajes. Su plural atención a la realidad lo llevaba incluso a deleitarse jugando con ocasionales expresiones de su época. A veces, un extraño apelativo, una oscura referencia en alguna de sus obras no es sino un marca de aceite o de brillantina victorianas. Estos dos ingleses son dos extraños ejemplares: quizá los únicos poetas excepcionalmente dotados que se dedicaron a escribir sólo para niños. Lo habitual es que un escritor sólo dedique sus ratos perdidos a este tipo de creación, o que no sea lo fundamental de su obra. Supongo que Carroll y Lear escribieron exclusivamente para niños porque obedecían a impulsos muy profundos. Y de esta profundidad surge su eterno valor.

Entre los poetas contemporáneos es un deber citar a uno que escribió un maravilloso libro en medio de la tragedia. Uno de los más hermosos libros de poesía para niños que se hayan escrito nunca: *Chantefables* de Robert Desnos, poeta surrealista. En el París ocupado por los nazis, en medio de sus angustiosos trabajos en la Resistencia, en la clandestinidad y el miedo, pensó en los niños. Y en el libro que les dedicó se despidió de ellos y de la vida. Luego de jugar en un puñado de páginas con las flores y los animalitos de su tierra, Desnos fue arrestado y muerto en un campo de concentración.

Una anécdota: tanto suele tenerse a menos el escribir para niños que cuando yo comenté el libro de Desnos ante un grupo de intelectuales franceses, se escandalizaron de oírme decir que era un libro para niños. Ellos, contradiciendo al autor, consideraban que era poesía a secas, poesía surrealista.

Mucho más cerca de nosotros se dio el caso de otra poesía para niños brotada de la soledad, y curiosamente desacertada en cuanto a comunicación con sus destinatarios. Ella misma reconoce su torpeza, en el conmovedor epílogo de *Ternura*. No podemos poner en duda el profundo amor de Gabriela Mistral por los niños, un amor también de "solterona", de mujer profundamente maternal y a quien la vida le había negado hijos. A pesar de su amor y de su prolongado ejercicio de la docencia, escribe una poesía que es en apariencia para niños pero contaminado de prejuicios y preocupaciones sociales que la hacen prácticamente incomprensible para ellos. Gabriela Mistral realizó un intento de poesía para niños y si no lo consiguió, logró por lo menos despertar la conciencia de la gente que tiene en sus manos la responsabilidad de protegerlos y educarlos.

Otro caso de soledad ahondada por la incomprensión del medio es el de nuestro querido José Sebastián Tallon. Publicó su libro *Las Torres de Nüremberg* demasiado temprano, hace ya 40 años, cuando pocos se preocupaban no sólo de escribir sino de comprender una vocación poética dedicada a los niños. Tallon tuvo en vida poco reconocimiento a su labor. El consideraba que había obtenido un solo premio: el voto de Alfonsina Storni en un concurso y la declaración que ella hiciera posteriormente consagrándolo uno de los libros más hermosos de nuestra poesía. Sólo mucho después de su muerte se le reconoció el mérito enorme de haber abierto una brecha en la lengua española que hasta ese momento era singularmente pobre en materia de poesía infantil. Tallon se inspiró muy poco en nuestra tradición. Sin duda lo enriquecía mucho más su propia infancia con reminiscencias de la tradición inglesa.

Esta tradición —la de las *Nursery Rhymes*— es la más rica y variada que conozcamos, de curiosa y fuerte vigencia a través de los siglos. Sólo en el siglo pasado empiezan a aparecer las primeras ediciones, porque hasta entonces se habían mantenido vivas por tradición oral.

Hay un personaje —protagónico en la historia de la literatura para niños— que se ha encargado de transmitirlas: la niñera. En la Inglaterra puritana, la niñera es un puente entre las distintas clases sociales: pone a niños de las clases cultas en contacto con los refranes, las historias y los mitos populares de la "clase baja" de la que ella procede. Por otra parte, en los medios rurales o en los hogares desposeídos, son las madres las que transmiten estas tradiciones a sus hijos. Ambas —madre o niñera— parecen haber enmudecido para siempre entre nosotros. Sólo la maestra jardinera puede seguir siendo puente entre la tradición y los niños.

La tradición española —aunque de gracia chispeante en algunos fragmentos— tiene características sombrías, un eco casi constante de lobreguez. La muerte es tema protagónico de mucha poesía, de casi toda la destinada a "entretener" a los niños, como esa famosa canción "Ya se murió el burro"... que acunara a tantas generaciones de niños, y muchas otras que narran historias más o menos siniestras de fatal desenlace. Algo de eso, pero mucho más atenuado sucede con la tradición francesa. Dramáticos episodios históricos son familiares a lo niños a través de una poesía tradicional llena de gracia y encanto, más dulce y sutil que la española, de la que son paradigma la famosa canción de Mambrú o la bellísima del rey Renaud.

¿Qué tradición tenemos en nuestro país? Casi carecemos de ella, como carecemos de una traducción de la palabra *nursery*. Quizá "guardería" sea la más apropiada, aunque la guardería está fuera del hogar y la *nursery* estaba dentro de él. Si no tenemos una tradición sólida en materia de poesía para niños es de suponer que carecemos de una continuidad de tradiciones hogareñas. El nuestro fue un país de hombres solos y nómades, donde —haciendo un poco de sociología silvestre— podemos suponer que las madres estaban solicitadas por costumbres ásperas, por una vida ajena al arrullo, una vida en la que el silencio y la enormidad de las distancias enmudecían y adormilaban a las memorias más despiertas. Es muy curioso comprobar cómo los inmigrantes trajeron a nuestro país el silencio: conocemos muy pocas personas que hayan sido acunadas por canciones italianas, francesas o españolas. Al llegar a América se interrumpen bruscamente las tradiciones europeas —quizá recordar duele demasiado— y no nos quedan sino algunos fragmentos que se han ido salvando a través del tiempo, gracias a la misteriosa persistencia de los niños, que parecen preferir siempre lo mismo.

Querría subrayar estas impresiones con algunos recuerdos personales que las confirman. Yo heredé de mi padre el amor por la tradición inglesa. El a su vez conservaba el hábito de hacer juegos de palabras y recitar las resabidas rimas. Y es bastante inexplicable que de mi madre —hija de andaluza— no haya heredado más que silencio: jamás le oí repetir verso o canción alguna. Al parecer, hasta una abuela andaluza puede enmudecer en esta larga y desolada América, que invita a añorar en silencio. Alfonsina Storni procura dilucidar este silencio de las mujeres en muchos de sus versos: "Dicen que silenciosas las mujeres han sido en mi casa materna..."

Poesía no es sólo transmisión o memorización de versos. Es, por sobre todo una actitud frente a la vida, una forma de sensibilidad. Naturalmente, los espectáculos visuales también pueden conformar o deformar en el niño un sentimiento poético de la vida. Yo alcancé a conocer una época en que el cine tenía valores poéticos no reñidos con el humorismo. Y tenía, por sobre todas las cosas, un valor que ahora consideramos peyorativamente: el de ser un cine "familiar", a compartir por toda la familia. Hemos descubierto con los años que ese cine "familiar" y aparentemente banal fue un cine eterno y de valores estéticos que poco se superaron. El cine de Laurel y Hardy, de Harold Lloyd, de Eddie Cantor y sobre todo de ese gran poeta que es el señor Carlitos Chaplin. Si comparamos estos espectáculos con los que se ofrecen actualmente, nos damos cuenta de que hemos progresado poco, que es muy esporádico lo que la industria ofrece al niño, sobre todo al niño no desvinculado de su familia. La industria ejerce todo su poder para transformar al niño en consumidor ciego, pero poco le ofrece en cambio para enriquecerlo o despertar su imaginación y sus sentimientos.

Creo que nos corresponde la obligación de saber discernir entre los dispares valores que se le ofrecen al niño. Por ejemplo, discernir entre dos creadores que aparentemente se confunden pero son antagónicos, como Walt Disney y Charles Chaplin... Todo lo que Chaplin realizó de poético, hermoso y humano en el cine, fue a lo largo del tiempo desvirtuado por la industria de Disney, que si al principio creó personajes llenos de ternura, se transformó más tarde en una poderosa fábrica de violencia y cursilería. A partir de él, el espectáculo para niños adquirió un ritmo desenfrenado, un hábito de la velocidad mental que aniquila toda posibilidad de contemplación, un ritmo de violencia inusitado, la familiaridad con métodos de crueldad que querían ser disimulados como juego. Estos dos ejemplos en materia de espectáculo —ambos importados— pueden ser tema de meditación: las imposiciones de un mercado poderoso sobre el alma de nuestros niños. Carecemos de espectáculos, no ya para niños sino aptos para el desarrollo moral y mental de la familia.

En Europa redescubrí otra forma de espectáculo, que hace años existió también en Buenos Aires: el teatro de variedades, donde se reúnen la música, la comicidad y el circo para diversión de toda la familia y no como burdo ejercicio de la pornografía tal como existe actualmente entre nosotros.

Querría terminar esta conversación —deshilvanada por cierto— comentando el significado del acto de escribir para los niños. Significa en definitiva *reconstruir,* recoger piezas dispersas de un gran rompecabezas. Reconstruir o reinventar una tradición rota o fragmentada. Reconstruir datos dispersos de la propia infancia. Reconstruir la infancia de los niños actuales, amenazados en su inocencia por toda una sociedad insensible. Reconstruir de alguna manera la relación a menudo defectuosa entre padres e hijos: un verso, una canción pueden ser lazos

de reunión. La poesía, es en definitiva, reconstrucción y recon-
ciliación, es el elemento más importante que tenemos para no
hacer de nuestros niños ni robots ni muñecos conformistas, sino para ayudarlos a ser lo que deben ser: auténticos seres humanos.

Charla ofrecida en el Congreso de OMEP de 1964

P.N. a P.N.
(Premio Nobel a Pablo Neruda)

SUPONGO QUE LA REVISTA *Extra* no me pide algo tan obvio como reafirmar el inmenso valor de la obra de Neruda ni opinar acerca de la lotería de cartones que significa la adjudicación del Premio Nobel.

Intuyo que me torean para que opine sobre lo que sentimos los escritores argentinos y para que aluda a nuestro propio candidato, Jorge Luis Borges.

Neruda y Borges tienen por lo menos dos puntos en común: ambos son indiscutiblemente grandes escritores y ambos han sido vapuleados por razones extraliterarias: sus respectivas "ideologías". Ambos merecen, sin duda, toda clase de reconocimiento, nacional e internacional.

Pero..., según se dice, mientras Neruda ha vivido profundamente compenetrado de los problemas de su país, Borges le ha dado la espalda al suyo. Es posible que esto sea verdad, pero ¿por qué no damos vuelta la baraja, por una vez? ¿Por qué no pensamos que el pueblo chileno *quiere* a sus escritores y les ofrece un respaldo, una autoridad, un afecto que de algún modo los obliga a esa compenetración? Todo auténtico escritor representa a su país y a su gente. Pero hay países y pueblos que les dan la espalda, los arrinconan o los invitan a todas las formas de suicidio. La relación de Neruda con su pueblo es una interrelación, un juego de mutuo respeto, de mutuo beneficio, que trasciende naturales rencillas e inevitables críticas.

Desde hace tiempo el pueblo chileno se siente propietario de sus escritores: "la Gabriela...", "el Nicanor...". Propietario y no implacable juez o ensañado demoledor. Sucesivos gobiernos —de diferentes tendencias— han respaldado ese sentido de orgullosa propiedad ofreciendo cargos honoríficos a sus intelectuales, sin castigar sus "ideologías". Yo tuve el privilegio de conocer a Marta Brunet, cónsul en Buenos Aires, nombrada por un gobierno que sin duda no compartía pero respetaba sus ideas. Y pueblo y gobiernos de Chile no esperaron que "la Gabriela" muriera para hacer de ella una especie de prócer representativo en el exterior.

Borges, que vive y escribe aquí, es el chivo emisario de la supuesta indiferencia de los intelectuales por nuestro país. ¿Y quién se interesa, por ejemplo, por Luis Franco? Sin embargo, nadie podrá decir que se trata de un intelectual de probeta, desdeñoso de nuestra realidad. (Aviso, de paso, que existe y está vivo.)

Nuestro pueblo se deja conducir cómodamente al desprecio, la ignorancia y la demolición de los hombres y las mujeres que viven de, por y para la inteligencia. Mientras Chile quiere a sus escritores y los acompaña en vida, nosotros nos regodeamos en la necrofilia, en poner chapitas en callejones para recordar a muchos a quienes ayudamos gentilmente a morir.

El pueblo de Chile, su ejemplar amor a sus poetas, su ejemplar conducta cívica que lo lleva, no a procrear papelones, sino hechos políticos concretos, ese pueblo —representado por Neruda— se ha ganado con toda justicia el Premio Nobel y suscita la atención internacional.

En cuanto a nosotros... no es Borges el que perdió, es la Argentina que seguirá perdiendo todos los partidos mientras no aprenda a quererse a sí misma.

Extra, noviembre de 1971

Carta a una compatriota

¿Qué problema voy a tener yo con las mujeres si de chico dormí con una yarará?

ARTURO FRONDIZI, ex Presidente
de la República

QUERRÍA EMPEZAR ESTA CARTA llamándote *hermana,* sea cual fuere tu edad y tu condición social. En realidad el parentesco es novedoso, un descubrimiento reciente del Movimiento de Liberación Femenina. Hasta ahora, sólo fueron hermanas las monjas, y al parecer no por ser hijas del mismo padre sino por ser esposas del mismo esposo, ¿no? Porque hijos de Tata Dios somos todos. En la Gran Familia Argentina los varones fraternizan, se abrazan ruidosamente, se llaman "¡Hermano!" con tanguero fervor, y en el paroxismo de la pasión fraterna llegan a desnudar a los futbolistas en plena cancha. Pero las mujeres nunca hemos sido hermanas sino entes aislados, parias sociales, menores de edad instigadas a traicionarse. A pesar de todo, nos ha hermanado nuestra común condición de sombra, nuestro condicionamiento como satélites, sujetas a implacables reglamentos. En materia de política venimos compartiendo demasiados sobresaltos y bastantes angustias. Es verdad que también las pasan nuestros varones, pero también es verdad que son ellos quienes las fabrican.

Querría decirte hermana, en fin, porque supongo que estás tan harta como yo de paternalismos y no es cuestión de que, aprovechando la invitación de la revista *Extra* a dialogar con vos, me trepe a un púlpito "maternalista" para endilgarte reprimendas y sugerencias, por no decir amenazas, como las que recibimos a diario desde todos los frentes.

Querría compartir con vos algunas incertidumbres, algunas indignaciones y algo que ha pasado a ser desesperación. O, para decirlo con una frase que muchachos graciosos podrían atribuirnos: "Querida, ¿qué disfraz nos cosemos para estos carnavales preelectorales?". Porque las mujeres siempre estamos obligadas a disfrazarnos de algo para poder sobrevivir.

Si sos militante de algún partido nada tengo que decirte, sino que te deseo buena salud y que aprendas karate. Y que trates de no equivocarte, porque el error de un hombre —aunque sea un error a mano armada— no es más que un simple error, "¡es humano!". Pero el error de una mujer es una afrenta pública y sirve a la generalización: "*Las mujeres* no están capacitadas... etcétera".

Pero es posible que no milites ni creas ya demasiado en plataformas, candidatos ni alocuciones. Seas quien fueres, estás sosteniendo un sistema que se cae de podrido, en tu doble calidad de víctima y de cómplice.

Sobre tus hombros el sistema descansa tranquilo, y por eso te recomienda tranquilidad, "femineidad", que no te amachones abandonando los ruleros y usando la cabecita loca para pensar. Porque gracias a tu acrobática economía sobrevivimos, porque permitís a los hombres, con tu mano de obra gratuita y/o peor remunerada, soportar una situación que sin tu sacrificio sería intolerable y los obligaría a combatirla con mayor puntería y celeridad.

Seas quien fueres, brillás por tu ausencia en este período preelectoral. No estás en función de candidata, ni de dirigente gremial, ni siquiera como opinante, salvo rarísimas excepciones. Y lo que es más grave, cuando sos excepción y algún partido te *permite* integrarte para algo más que pegar estampillas y hacer café, tenés miedo —con razón— de representar a tus congéneres y parecés un simple testaferro de los intereses machistas y jugás a tu propia traición.

Naturalmente, algunos muchachos nos critican la indiferencia y la abstención, y las aprovechan para consolidar sus ancestrales argumentos: "La mujer no está preparada para actuar en política, su Destino es el hogar, etc.". Los mismos muchachos no suelen preguntarse por qué ningún presidiario triunfa en los Juegos Olímpicos, o por qué el gremio de chapistas no ha dado ningún escritor de la talla de Mujica Lainez. O, para ejemplificarlo mejor con una frase atribuida a Bernard Shaw: "Los norteamericanos blancos condenaron a los negros nada más que a lustrar zapatos; luego se pasaron la vida diciendo que los negros no servían más que para lustrabotas".

Y esto me hace meditar en otra frase célebre: "Hay que educar al soberano". Con la fragilidad mental propia de mi sexo no recuerdo si la dijo Sarmiento o Tu Sam. (Consultado el *Manual de Zonceras* de don Jauretche: sí, fue Sarmiento en uno de sus días nublados.) ¿Hay que *educar* al pueblo o devolverle la cultura que miserablemente le robaron quienes la usan para mantenerlo en la oscuridad y la indigencia? ¿Hay que *educar, preparar* a las mujeres o dejarlas ser dueñas de sus vidas, restituyéndoles las energías que les saquean, embruteciéndolas? ¿Deben prepararse o lo han estado siempre sin que las dejaran ejercer? "¡Las mujeres no están preparadas!" "¡La intuición, virtud esencialmente femenina!" ¿Y nadie dijo que hay que capar a los cretinos, para que no sigan reproduciendo y produciendo conceptos como éstos?

La cultura capitalista, su psicología dirigida, sus medios de difusión, sus revistas femeninas (con las que habría que hacer una pira en Plaza de Mayo y quemarles el traste a sus editores), todo el aire que respiramos está contaminado de la misma falacia: la natural incapacidad y subordinación de la mujer. Y fueron mujeres y niños los primeros seres humanos a los que explotó a muerte la Era Industrial, arrancándolos por la fuerza del Sacrosanto Hogar. Y es nuestro mundo Occidental y Cristiano el que no permite a la mujer trabajadora disfrutar sin angustias de la maternidad, el que apaña burdeles y dos morales, una para damas y otra para caballeros, el que se escandiliza de actos terroristas pero hace la vista gorda ante todos los atropellos cometidos contra el cuerpo de la mujer.

"Las mujeres no se dan cuenta de cuánto las odian los hombres", dijo una feminista. Tiene algunas ideas bastante ambiguas, pero se le escapó esta frase donde llama a las cosas por su nombre. Marginación, postergación, misoginia, no son sino eufemismos que suavizan una realidad llamado odio. Punto.

Con una estrategia típica de todo agresor con cola de paja, suelen defenderse por la acusación: "¡Pero ustedes las feministas odian a los hombres, les declaran la guerra a los hombres!". Las feministas no tenemos odio, tenemos bronca. El odio —con los *fierros, sean armas o moneda*— es cosa de hombres. Estamos hartas de odio, aunque venga empaquetado en sublimaciones y piropos. No hemos declarado la guerra, sino que señalamos que existe y tiene los años de nuestra civilización. Nos defendimos como pudimos, a veces con malas artes, por lo tanto es mejor que ahora parezca una guerra abierta, limpia, esta que declaramos contra todas las formas de la arrogancia machista. La guerrilla de la artimaña, el repliegue y la comodidad no hace sino reproducir series de esposas "achanchadas" y madres castradoras.

El Movimiento de Liberación Femenina es una ideología revolucionaria, no exprimida de libracos apolillados, sino del cotidiano martirio de la mitad de la humanidad. Nace en las ferias y junto a las bateas, a la vera de las camillas de ginecólogos carniceros y a contrapelo de los viejitos célibes del Vaticano que vienen diagramando la conducta sexual según conviene a los intereses de los capitales y a las fluctuaciones del mercado bélico.

No es un entretenimiento destinado a distraer de la liberación de los pueblos, sino que esa liberación es mentira mientras la determinen exclusivamente los varones. Así como ya no es posible pensar en términos previos a Marx o Freud (por no decir a Galileo y a Colón), tampoco es posible seguir pensando sin erradicar de cuajo los prejuicios sexistas, base y modelo de toda opresión.

Causan gracia, por no decir otra cosa, las declaraciones apresuradas de algunos de los candidatos: "La mujer, durante nuestro gobierno, gozará de iguales derechos... etc.". Esta manera burda de captar los votos de quienes fueron olvidadas durante la confección de plataformas y de listas, causa una melancólica ternura otoñal. Promesas... ¡a mamá!

Si los dirigentes se propusieran solucionar los problemas de la mujer tendrían que empezar por conocerlos. Y, que yo sepa, las mujeres no hemos sido convocadas para traerlos a luz, valga la femenina expresión. Y mucho menos las brujas sospechosas de feministas, que son todas feas y viejas (en cambio nuestros dirigentes son todos jóvenes y hermosos... Rucci tiene un no sé qué de Paul Newman, ¿viste?).

Darán las soluciones que *ellos* consideren oportunas, y siempre que no molesten a la Curia, las Fuerzas Armadas, las Compañías Petroleras, el Rotary Club, la masa societaria de Boca Juniors y el Centro de Damas-con-las-cabecitas-reducidas-por-los-Jíbaros. Eso sí, alguna señora será nombrada subsecretaria de la Intendencia de Saladillo, y con eso quedará demostrado que la Mujer Sabe y Puede y Que La Dejan.

Así como ahora *nos dejan* usar pantalones para compensar la falta de autoridad real, es posible que nuestros próximos gobernantes nos concedan algunos beneficios. Y bienvenida sea toda reforma, si remedia urgentes dramas que no pueden esperar. Pero ya sabemos que la política del Gatopardo no sirve a la larga sino para reforzar el *statu quo;* es bueno conceder una que otra mejora accesoria para seguir escamoteando lo esencial: la definitiva liquidación de la barreras de clase y de sexo.

El Movimiento de Liberación Femenina no se conforma con paliativos, aunque no tenga más remedio que aprobarlos en primera instancia. Tampoco busca a ciegas la igualdad con el hombre (¿igualdad en fuerza bruta, en tácticas de opresión, en fracasos?). Lucha para conquistar una absoluta autodeterminación, para acabar con el reparto de privilegios, funciones y sanciones según el sexo, para construir a la larga una nueva civilización, humana y cooperativa.

Las mujeres, como los negros, los colonizados, la clase trabajadora, a medida que tomamos conciencia, menos queremos dádivas; queremos lo que nos pertenece por derecho y nos arrebatan día a día, es decir, *todo*. Las mujeres, que fuimos custodias de la vida —para que fuera rifada en guerras—, queremos más que nunca defenderla de los fabricantes de muerte. Pero según, cómo y cuándo lo determinemos nosotras.

Una de las más perfectas y sutiles perfidias de nuestra sociedad es el condicionamiento y la esterilización mental de las mujeres y los niños. Pero luchar contra ella es la lucha de *todas* las mujeres. Como cumplo con el pacto de no aconsejarte, y menos en estos momentos de apresurado proselitismo, no te pido que te conviertas en improvisada militante. Pero tengo la obligación de decirte que procures saber de qué se trata, desconfiando de las admirables cátedras de ignorancia que pueden darte los medios de difusión.

Releo esta carta escrita al correr de la máquina y supongo que puede resultarte agresiva. Lo siento. No pude hacerla peor. Por más que aguce el estilo me es imposible reflejar la agresividad de una villa de emergencia, de un aborto clandestino, de los precios de la farmacia. Estos ingredientes configuran un naufragio en el que las mujeres y los chicos entran primeros. Así como en los éxitos nacionales nos colamos por la retaguardia. Gracias, caballeros.

Creo que en este juego de los votos, como en tantos otros, las mujeres no somos nadie. Creo que nuestro partido se jugará, a la larga, en otro frente. Lo que no significa que no te celebre si vas a votar con fe. Yo también la tengo, pero en vos.

Extra, 1973

La gran poesía
para la gran mayoría

"A MARÍA HERMINIA AVELLANEDA, para que le sirva en la batalla, de su amigo Pablo Neruda." Esta dedicatoria, con sus habituales florecitas en tinta verde, rubricó en una cantina de la Boca, allá por 1965, el proyecto de televisar la majestuosa traducción de *Romeo y Julieta,* uno de los tantos monumentos que América debe agradecerle a su chileno inmortal.

Permítanme los lectores de *Mayoría* y telespectadores que les cuente que tuve el honor de ser testigo de esa "batalla", gracias a la mediación de nuestra querida embajadora permanente y honoraria de Chile en Buenos Aires, la escritora Margarita Aguirre. El público no necesita un engolado preámbulo de "noche culta" que le facilite la comprensión de esta obra. Pero, ya que el periodismo practica tanto chisme banal, pido permiso para evocar algunos chismes veraces que no son más que un módico homenaje a quienes produjeron uno de los más nobles programas que se filtró en nuestra televisión.

La traducción es uno de los trabajos menos conocidos de Neruda, pero no es una de sus obras menores sino una prueba rotunda no sólo de su genio, sino también de la humilde artesanía que supo poner al servicio de otro gran poeta popular, el irlandés-argentino Shakespeare. (Si alguien puso en duda la existencia de Shakespeare y otra gente piensa que Dios es argentino, yo me permito, ¿por qué no? dotar de esta doble nacionalidad al más grande de los ingleses.)

Resulta deslumbrante cotejar el original con la traducción: parece imposible verter a endecasílabos castellanos la barroca colección de adjetivos, metáforas y groserías que Shakespeare despliega en su monosilábico idioma. Por otra parte, el traductor se dirige a un público hispanoamericano y utiliza un lenguaje sencillo, coloquial, callejero, nuestro. Neruda confesaba que la traducción le había llevado unos ocho meses de trabajo intenso. Tarea de ribetes mediúmnicos que le permitió acatar a través de los siglos el dictado de otro poeta que se resiste a envejecer y sobrevive a tantos criminales traductores (y de paso censores, como el inefable Astrana Marín).

Esta reposición destinada al público masivo de una obra de Neruda es quizás el mejor homenaje que podemos rendirle a aquel que "se fue de los libros", se fue de este mundo, pero que hoy nos lleva "gracias a la magia de la televisión" (pobre magia) al universo de la gran poesía de siempre.

María Herminia Avellaneda emprendió la batalla contra todos los vientos y las mareas del caso: aquellos que soplan para quienes aman al público y procuran no injuriarlo ni degradarlo desde la pantalla. Y el público respondió en consecuencia: algo así como 56 de rating. Que es como decir un Mundial de Fútbol en verso.

Si no recuerdo mal, la grabación llevó unas veinte horas de trabajo. Aclaro a algunos críticos especializados que sólo encuentran talento en la RAI, la BBC o la ORTF, que una realización de parecida magnitud llevaría en Europa unos treinta días de grabación y una diferencia abismal en materia de presupuesto. La pasión suplió la precariedad de medios y puedo aseverar que, pese a naturales desaciertos y premuras obligadas, la versión supera a muchas que presencié en la mismísima Inglaterra.

La directora realizó un trabajo previo de varios meses, en que enloqueció a toda la vecindad, su círculo de amistades y enemistades, las librerías del país y del extranjero, las bibliotecas públicas y privadas, los sindicatos de sicoanalistas, médiums, alquimistas, figurinistas, esgrimistas, peluqueros y embalsamadores de alondras. Bromas aparte, su propósito consistía en reflejar de la manera más veraz posible el teatro isabelino, y ésa fue otra muestra de humilde subordinación, puesto que no falta director que pretenda mejorar, actualizar, adaptar, remodelar, lo que es límpido y permanente como una gota de agua. Quiso entre otras cosas exaltar el verso, su correcta enunciación, en lugar de degradarlo a prosaico balbuceo de entrecasa.

Esta aparente recitación pudo resultar anticuada. Y sin duda lo es, así como es anticuado Shakespeare, viejo Neruda y perimido el amor de los adolescentes. La gente culturosa puede encontrar cosas modernas en otra parte, no precisamente en un clásico al que se procura respetar en toda su solemne desnudez.

Sería oportuno recordar y agradecer el fervor que la realizadora contagió a actores, asesores y técnicos. Los actores accedieron a cobrar todos un estipendio uniforme, modesto y simbólico en el caso de los protagonistas. Muchos se despeñaron en minúsculos papeles o simplemente como extras: Perla Santalla, Sergio Renán, Pepe Soriano, Susana Rinaldi, Claudia Lapacó, Hugo Caprera, Alejandra Da Passano, Cipe Lincovsky, Haydée Padilla, Antonio Gasalla y otros cuyos nombres no recuerdo y a quienes pido disculpas porque "es tan largo el olvido".

No sé qué despojos del original verá nuestro maltratado público. El videotape fue borrado poco después, para grabar en él unos capítulos del teleteatro exitoso de entones: *Cándido Pérez, señoras.* Se transmitirá una copia en videofilme, material bastante defectuoso según dicen: ¿qué se creyeron Shakespeare y Neruda, que tenían coronita en la televisión argentina?

Y claro, ha pasado mucho tiempo. Días después de la transmisión se parodió burdamente la obra en uno de los tantos programas cómicos que supimos conseguir. Shakespeare hace rato que fue dejado cesante. Neruda partió hace poco, llamado de urgencia como todos sabemos. La presidente Avellaneda (presidente del gremio de directores de TV) no está en el país, que por otra parte no le ofrece oportunidad de reiterar patriadas como ésta, ni siquiera de dirigir *Buenas tardes, mucho gusto*. Evangelina Salazar se casó con Palito y llamó Julieta a su hija, pero se olvidó de que se había comprometido para casarse con un público que la descubrió gran actriz. Y ese otro protagonista de afuera, el pueblo, desde entonces hasta ahora atravesó un calvario largo, no sólo como telespectador, sino como agobiado ciudadano, obvio es decirlo.

No creo que resucitar a un clásico sea la única muestra de cultura popular, pero sí supongo que es una de ellas, una de las tantas formas de reconciliarnos con nuestra dignidad de seres humanos, con la belleza de nuestro idioma y la profundidad de nuestros sentimientos.

Y ¿de qué trata esta famosa obra? Pues bien, les contaré el final. Dos familias enemistadas a muerte se reconcilian sobre las tumbas de sus hijos, muertos de amor y víctimas de un odio heredado. ¿Les hace acordar algo? Quizás a la famosa canción mexicana que dice: *Recordaré mi patria y lloraré*.

Mayoría, 19 de diciembre de 1973

Dina Rot
y la canción sefaradí

YA QUE NOS HEMOS reunido para celebrar un acontecimiento folklórico, empecemos por no romper la tradición. Lo más tradicional entre nosotros consiste en que cada vez que alguien tiene que hablar en público extraiga un montón de papeles y los lea con la mayor solemnidad, que en general no es tal sino acartonamiento. Pero tratemos de ser solemnes, porque el hecho musical que vamos a inaugurar es solemne y porque buena falta nos hace a los argentinos un poco de solemnidad, ya que casi todo lo que nos sucede parece chiste. En momentos en que reinan consignas de improvisar y destruir, cuando se acortan cada vez más las diferencias entre una iglesia y una pizzería, en que un funeral apenas se diferencia de un té canasta, en que un zapato viejo pasa por obra de arte y no falta algún teórico que nos convenza de que el pregón de un canillita es superior a un aria de Mozart, nos reunimos para celebrar que alguien respete la solemnidad de la belleza. Que nos la entregue no sólo con amor como lo declara, sino con talento y oficio. Que no trate de edulcorarla, modernizarla ni ponerla en onda con ritmo *beat* ni acompañamiento electrónico, cosas estas que no está de más agradecer.

Es posible que muchos de ustedes conozcan a Dina Rot y estén aquí acompañándola como amigos. Es quizás inútil explicarla, lo único que parece necesario es prologar lo que ella nos tiene que decir, después, con su canto.

Dina Rot casi no tiene biografía ni un horizonte con encrucijadas digno de *Radiolandia,* pero su importancia es protagónica para los que pensamos que el artista es un ser responsable, dedicado enteramente a preservar la espiritualidad y la felicidad de sus semejantes.

Ella es la voz de unas viejísimas canciones, la destinada a recobrarlas para nosotros. Estas canciones son perfectas, humanas, profundas y hermosas en fondo y forma. Dina Rot se preocupa de demostrar que no han muerto, a pesar de que sobrados motivos tuvieron, como toda la cultura judía. De modo que no podemos hablar de resurrección sino sencillamente de continuidad.

Admiramos en los sajones su obstinación en frecuentar sus propias fuentes de música popular, su casi absoluta impermeabilidad a los ritmos de otros pueblos. Nosotros, en cambio, tenemos una tendencia, hábilmente fomentada por intereses comerciales, a dar la espalda a nuestros viejos manantiales de música y poesía y, si es posible, a menospreciarlos con el aplomo que dan la ignorancia y la insensibilidad. Alguien que nos muestre esas viejas raíces, como lo hace Dina, realiza una tarea, con perdón de la palabra, didáctica, punto de referencia, placer y meditación para los jóvenes y no tan jóvenes que quieran oírlas el día que se decidan a distraer por un momento su atención del ruido industrial que nos sepulta en vida. Estos viejos romances judeo-españoles son origen de toda la música popular hispanoamericana. Estos seres que sufren y gozan en estas canciones somos nosotros, mirando a través de nuestros antepasados, retomando el ritmo de nuestra propia sangre a través de los siglos.

Entre las poquísimas actividades que se les permitieron a las mujeres figuró la tarea de preservar. De preservar una especie humana que no sólo de pan vivía. Exiliadas de toda fuente de conocimiento, de los libros, las universidades y la calles, las mujeres fueron pasándose de madre a hija las fábulas, los proverbios, los cantares que eran todo su hilo, si no de cultura, de sabiduría. No es raro que sea hoy, entre nosotros, una cantante y no un cantor, quien se preocupe de reanudar ese hilo entrecortado. Entre los poquísimos intérpretes que en el mundo frecuentan éste o parecidos repertorios, casi siempre son mujeres las obstinadas en salvar, en medio de tanta destrucción, sus modestos enseres espirituales domésticos.

Moshé Attias, empeñoso hurgador de la tradición judeo-española, a quien Dina Rot frecuentó en la Universidad de Jerusalén, confiesa que fueron cuatro mujeres, entre ellas su madre, quienes le permitieron reunir en un voluminoso cancionero estas joyas de la cultura popular sefaradí.

Muchos avatares, muchas violencias soportaron estas reliquias hasta llegar a nosotros. Es un verdadero milagro que podamos escucharlas hoy, que Dina Rot haya recogido algunas, por ejemplo, de boca de personas de la colectividad sefaradí, aquí mismo en Buenos Aires. Casi siempre es oro todo lo que permanece, y tenían méritos suficientes como para resistir a las brutalidades de la historia, al atropello de las modas y a la veleidad de las generaciones.

El caudillísimo Franco anuló hace muy poco tiempo el decreto de Isabel la Católica, de 1492, que expulsaba a los judíos de España. Aprovechando esa piadosa amnistía, Dina Rot realizó un peregrinaje a la Madre Patria en busca de rastros de una música que ya se le había pegado al corazón.

Algunos inquisidores suelen preguntarle a un artista por qué hace lo que hace, por qué escribe, por qué canta. Los impostores suelen conocer la respuesta segura. Los artistas suelen no tener la menor idea. Pero, apremiados por el reiterado interrogatorio periodístico, terminan por elaborar una teoría. Los más concisos dicen, por ejemplo: "Canto para expresarme o pinto para desalienarme de la sociedad de consumo". Dina también aprendió la lección y sostiene que eligió este cancionero porque necesitaba indagar en sus propias raíces y buscar un nexo entre la vieja cultura judía y el amor a su idioma de total americana hija de España. Esto es sin duda verídico pero quizá consecuencia y no causa. Parece más probable que estas canciones, flotantes en el tiempo y ya con un pie en el olvido, buscaran a tientas la voz que las recuperara. El artista suele ser un perseguido, no un perseguidor. Impulsos oscuros inconscientes lo buscan y él se cree el Colón de una islita que, al fin y al cabo, viene flotando desde la eternidad para chocar con él, su descubridor y su traductor.

Dina Rot encontró en España la continuidad de un hilo cuya punta ya había hallado en América. Revivió allá la odisea de los judíos expulsados que conservaron hasta hoy un inexplicable amor por el idioma y un desolado aquerenciamiento por esa tierra que los había rechazado.

Estos viejos romances están cantados en ladino, deformación de latino, el lenguaje popular de los judíos españoles. Fueron a afincarse, junto con bártulos, los patéticos bártulos de la deportación, viejas sábanas de hilo destinadas a bodas, monedas escondidas en un pañuelo, amuletos y objetos de culto ritual. El núcleo principal de los exiliados ancló en tierras de Salónica donde, en un paréntesis de libertad política, estas tradiciones se conservaron sin mayor amenaza en el barrio judío. Toda ocasión se celebraba con canciones. Se gozaba de esa felicidad que nosotros desconocemos: la canción circunstancial, la canción como elemento útil, no sólo decorativo, de los capítulos más importantes de la vida. Romanza para bodas, nacimiento y muerte. Canción de cuna y canción de fiesta, noticia repartida en las plazas públicas a ritmo de tamboril, alegría musicada por juglares y tañedoras.

Todo fue conservándose por tradición oral, hasta que en 1917 un incendio intencional en el barrio judío destruyó lo que amorosas manos habían atesorado en archivos y bibliotecas. Poco después, y esto ya pertenece a otro género de tradición nefasta sobre la que es innecesario insistir, Salónica fue ocupada por los nazis y 50.000 de sus habitantes conocieron el camino de Auschwitz.

Pero las canciones sobrevivieron en la quebrada voz de las viejas emigradas que las repitieron a sus hijos, en el cuadernillo manoseado del aprendiz de juglar, en los chicos que las usaban para sus juegos, hasta volver a manos de los sabios que las cultivaron en bibliotecas como don Moshé Attias. A manos de los recopiladores, esos poco reconocidos enamorados de la voz del pueblo. Don Ramón Menéndez Pidal fue uno de sus principales devotos. Este romancero es gajo del monumental romancero español, canciones madres de toda la gran poesía española, desde Manrique hasta García Lorca. Fue el amor de Juan Ramón Jiménez que inspiró a Manuel de Falla una nueva dimensión para la música culta española. Fueron el abrevadero y el desvelo de Antonio Machado y Joaquín Rodrigo. Fueron y son el amor de los americanos, desde Rubén Darío hasta Fernández Moreno. Siguen siendo objeto de ternura y veneración para los que seguimos pensando, amando y hablando en nuestro idioma.

Pido permiso para una pequeña acotación. Muchos versos de los que canta Dina Rot han rodado por nuestras provincias, recitados con música de baguales y vidalas. Nosotros tuvimos, entre otros, un venerable enamorado de la poesía de nuestro pueblo, don Juan Alfonso Carrizo.

Sus cancioneros, voluminosos como él mismo, editados hace treinta años por la Universidad Nacional de Tucumán, no fueron jamás reeditados ni demasiado frecuentados aun por los que se dicen folkloristas. Hace poco encontré un volumen del cancionero de Jujuy en una librería de viejo. El librero lo había rescatado de la basura, de una pila de papeles indeseables arrojados a la calle. Una institución nacional lo había destinado a la basura, una universidad de Buenos Aires cuyo nombre prefiero olvidar.

Que sea una argentina quien se preocupe de reavivar estas canciones es un hecho que nos honra, que marca el nivel de nuestra ascendente preocupación cultural. No conozco otros intérpretes en el resto de Hispanoamérica, aunque quizás existan y vegeten ante la indiferencia. Estas canciones son también patrimonio nacional y sería lógico que una institución cultural oficial auspiciara y promoviera, por ejemplo, la edición de este disco y la presencia continuada de su intérprete ante el sensibilísimo público de aquí y del interior.

Dina Rot se abre paso de todas maneras, a tientas y sorteando como puede las barreras que los intermediarios, oficiales o comerciales, cierran obstinadamente entre un artista y su público.

Ojalá estas canciones continúen engendrando otro cancionero actual, distinto pero igualmente puro y útil. El mejor homenaje que quizá podamos rendir a Dina Rot es decirle que estas canciones ya están identificadas con su voz, y que en ella asumen toda la pasión, el sufrimiento y la alegría de un pueblo que fuimos y que a pesar de todo seguimos siendo.

Inédita, 1971

Comentario sobre "Esta noche me emborracho", tango de Enrique Santos Discépolo

Sola, fané, descangayada, la vi esta madrugada
salir de un cabaret;
flaca, dos cuartas de cogote,
y una percha en el escote
bajo la nuez.
Chueca, vestida de pebeta, teñida y coqueteando
su desnudez...
Parecía un gallo desplumao
mostrando al compadrear el cuero picoteao...
Yo que sé cuando no aguanto más,
al verla así, rajé,
pa' no llorar.
....

Sola, fané, descangayada / la vi esta madrugada / salir del cabaret. Síntesis de misoginia tanguera que hemos repetido, admirado y festejado como una banda de chiquilines reiteran una palabrota, un estribillo soez sin indagar el significado ni la consecuencia. A casi medio siglo de su creación y apoteosis, de su incorporación a un repertorio íntimo que debería de avergonzarnos y sin embargo nos regocija, aún no es tarde para preguntar, resumiendo en ese tango toda una seudofilosofía: ¿por qué tanto odio? No se trata sólo de resentimiento cornudo, sino de odio a secas. ¿Por qué tantos —varones y mujeres— lo hemos celebrado con patotera complicidad, con enfermiza chabacanería y una inseguridad sexual digna de siglos de diván?

El autor no encuentra bastantes invectivas a mano para rebajar a su retratada, ya que la muy cómoda de objeto no le basta, desciende hasta la de cosa, cascajo, cachivache. O, para expresarse más modernamente, bagayo, delicado sustantivo reservado para adjetivar exclusivamente a criaturas de sexo femenino indignas de la apostura mesiánica del contemplador de turno.

Sola. Una palabra le sirve para ambientar y de paso agredir: castigada, no merecedora de compañía. Sin embargo, esta soledad involucra que la mujer no concurría al cabaret en plan de diversión —plan que habitualmente requiere compañía— sino de trabajo: bailarina, cantante, alternadora, camarera... Quizá no eran actividades demasiado honorables. Pero hace 50 años, ¿tenía una mujer muchas opciones más? Naturalmente: costurera, maestra, obrera... ¡Cuántas!

Y una percha en el escote / bajo la nuez. ¿Qué nuez? La nuez de Adán, el cartílago tiroideo, prominente en el varón y prácticamente invisible en la mujer. Es destacable la buena vista del autor que, a distancia, aparentemente sin prismáticos, y en la confusa luz de la madrugada, haya podido divisar una nuez femenina. Cabe preguntarse si no se trataría de un travesti. Porque luego la compara a un gallo desplumao. Y el gallo, por desplumao que ande, es macho, por lo tanto no merece la degradación de ser comparable a este cascajo con faldas.

Coqueteando su desnudez. ¿Qué mal hay en coquetear? ¿No le han dicho a la mujer hasta el cansancio que sea coqueta, que es rasgo de exquisita femineidad? No en este caso, porque la contempla, desde lo alto de su cátedra, el Moralista, el cuervo censor, el detective de pecado ajeno, el inquisidor de centímetros de tela y piel. ¿Acaso la pobre tenía que salir del cabaret envuelta en chador o con toca de vicentina? Si en lugar de su desnudez hubiera lucido un visón, peor tango habría merecido.

Al verla así, rajé. ¡Valiente el mozo! Rajó, porque según el código narcisista más vulgar, importan más los sentimientos propios que la supuesta miseria ajena. Rajó *pa' no llorar.* ¿Y quién se lo impedía? ¿El célebre principio de que los hombres no lloran, o la presencia de un segundo espectador capaz de poner en duda su virilidad? En vez de rajar pudo haber mostrado un gesto generoso, un saludo, una palabra, una invitación, un poco de calor humano, un rasgo de "hombría de bien". Era mucho pedir para una época tan petrificada en aberrantes prejuicios de casta, raza, sexo, barrio, etc.

Sería útil saber qué clase de omnipotencia adorna a una mujer —por astuta o pérfida que sea— para despertar tanta vileza en un virtuoso varón. Lo transforma en ruin, pechador, mal hijo, traidor, mendigo, mal amigo. Habitualmente éstos son rasgos latentes que una "dulce metedura" o cualquier otro detonante no hacen sino sacar a flote.

La historia nos enseña que los hombres, en general, han sido tercamente impermeables a la influencia femenina. Y lo siguen siendo.

Huye, entonces, para emborracharse. Ya que era tan virtuoso —casi un cura, al menos para detectar la coqueta desnudez— también pudo ir a hacer ejercicios espirituales o leer a Pascal, pero no. Es admirable la cantidad de ocio de que han disfrutado nuestros varones tangueros, admirable su capacidad de absorción de licores y su actividad parlante en los cafés. A las mujeres no les era permitido disfrutar de tan creativas distracciones entre congéneres, ocupadas como estaban —y están— en lavar ropa, fregar pisos, zurcir, planchar, y hacer, como hoy, malabarismos con el flaco presupuesto familiar. Qué digo familiar, si en el tango no hay familia. Digamos el presu-

puesto personal, ganado con la costura, el taller, el empleíto...
o la actuación en cabarets y otros dudosos establecimientos
concurridos por los censores.

Imaginemos que la pobre descangayada se recompone tardíamente y reacciona, por espíritu de justicia y no de venganza, y cambia el sexo de la destinataria de este tango. Qué
agresivo suena, ¿verdad? ¡Qué pena nos da ese frágil mucha-
chito insultado por la venenosa influida por el Movimiento de
Liberación!

No pretende competir con el gran autor, no es mujer de letras,
apenas aprendió a descifrarlas. No se hizo una cultura en el café, ni una filosofía en los estaños, ni un doctorado en la universidad de la calle. Además, creyó hasta hace poco tiempo que merecía tanto agravio y se sintió culpable de casi todos los fracasos
propios y ajenos. Hasta que miró a su alrededor con nuevos ojos
y se vio rodeada de una pequeña manifestación de congéneres
que llevaban una pancarta: "Somos todas solas, fanés y descan-
gayadas". Y empezó a sospechar que su destino de sombra y
aguante no se lo había decretado Dios sino un oscuro ministril
vampirizado.

Repara en que el autor confiesa que el tema no le fue inspirado por un antiguo amor, sino "por la congoja que le produjo la
agonía de un amigo tuberculoso en las sierras de Córdoba" (¿?).
En el momento de la inspiración no agrede a la tuberculosis, ni
a la agonía, ni al maldito amigo que lo acongojó, ni a la munici-
palidad de Córdoba; se las toma con un hipotético personaje que,
naturalmente, es mujer, porque así puede recibir *todas* las bofe-
tadas y, de paso, resulta buen pretexto para desahogar el milena-
rio fardo de odios y frustraciones que es peligroso dirigir hacia
otros frentes.

Ella, rediviva en cualquier pobre mina, pasa una tarde frente
a SADAIC y ve al autor, redivivo en cualquier otro autor de tangos. Lo primero que le llama la atención es el peluquín, el patético intento varonil de disimular la "venganza del tiempo". Y re-

cuerda que, entre los agravios, figuraba aquel de "teñida y coqueteando"...

Vuelve a preguntarse: ¿Por qué tanto odio? No sabe responder, pero la sola indagación que se formula por vez primera le permite entrar en el infinito territorio de la lucidez.

Inédito
S/f.

Puntadas y nudos en democracia

Tu ausencia, tu presencia

de MARTA OYHANARTE DE SIVAK

LA MUJER SE INFILTRÓ en la literatura siempre que pudo, bastándole sólo tres requisitos: instrucción, papel y lápiz. Cuando careció de ellos los hurtó ingeniosamente, y en márgenes de periódicos o papel de envolver, sobre la arista de una mesa de cocina o a la vera de una cuna, se las arregló para contar su historia, la nuestra, el revés de la historia. Correspondencias, diarios íntimos y memorias fueron sus continentes, y el contenido incluyó a menudo banalidades porque, como sabemos, lo que sucede dentro de una casa es trivial, lo que sucede en el café o en el frente de batalla es trascendente.

Si los tres requisitos no le escasearon a Marta Oyhanarte, bien pudo faltarle ánimo, paciencia o la siempre ardua decisión de anotar diariamente sucesos nimios en medio de una aterradora circunstancia. Insistió movida, sin duda, por el único impulso válido y profundo que lleva a la escritura: se escribe para no enloquecer.

Este diario-correspondencia que hoy ve la luz es un puente sobre aguas turbulentas, un tránsito minucioso en ternuras y acontecimientos banales sobre un lodazal que semeja fruto de pesadilla, donde la orilla redentora parece cada día más distante.

La crónica nos permite reconstruir un contexto en el que estamos todos inmersos en distinta medida, y que puede sintetizarse en la noción de que vivimos bajo el imperio de una ley tácita e inexorable. Esta ley consiste en que, cuando alguien sufre un dolor, la sociedad, a través de diversos amanuenses, le aplica infaltablemente otro dolor. Así al enfermo se le añaden amansadoras, malos tratos y angustias económicas. Al robado, la humillación implícita en denuncias y burocracias: si le robaron una radio, la policía le secuestra el auto. El usuario de servicios públicos es severamente amonestado por abusar de esos servicios cuando más los necesita. La mujer violada, naturalmente, provocó al pobre violador. La víctima debe demostrar su inocencia y suele atraer tantas o más sospechas de las que despierta el delincuente. De esta perversa inversión de las conciencias procede el eslogan *Por algo habrá sido,* fruto de criollo ingenio comparable a la célebre máxima *El trabajo os hará libres* inscripta por el país más culto de la Tierra en las puertas de los campos de concentración.

Marta Oyhanarte reafirma en estas páginas su larga campaña por revertir este sofisma, el de la supuesta culpa del damnificado. Campaña machacona y quijotesca que hemos compartido desde hace años con quien formó parte de nuestra familia a través de los medios de comunicación. Hemos admirado su insistencia en forzar la solidaridad que, como cuerpo social, nos han enseñado a desconocer hasta convertirnos en peritos en escepticismo e indiferencia.

La autora redactó esta carta de amor a un ausente cada vez más fantasmal, semirrecluida en un cautiverio elegido y paralelo al de su marido: en su ciudad, en una casa asediada por curiosos profesionales y custodiada por expertos que ponen los pelos de punta. Esta obra resume su necesidad de mantener fielmente unido el núcleo familiar. Dichosa familia tan sacralizada por quienes, como en este macabro caso, se dedicaban a destruirla salvajemente. Hay un dato aparentemente nimio en esta crónica que define la soledad de la protagonista: descubre, de pronto, que los secuestradores *también* tienen las llaves de su casa, detalle que ningún experto le previno. Hace cambiar las cerraduras y corona la decisión con un patético: "Cuando vuelva, Osvaldo tendrá que tocar el timbre...".

Aunque Marta ignoraba quizá que estaba escribiendo un libro, sus modestos papeles contribuyen ahora a enriquecer el ya monstruoso legajo de un tiempo inicuo que filtró su perversidad en los meandros de una nueva sociedad, tan democrática como pusilánime para cortar los males de raíz. La entereza de Marta para recorrer el largo puente permitió llegar a un desenlace justiciero, contribuyendo a purificar el aire irrespirable de esta tierra que, como a menudo repetimos, *tiene todos los climas.*

Estaremos en deuda con Marta porque nos obligó a sentir que no sólo bregaba por su caso sino que a todos nos amenazaba el horror tramado por déspotas y desaparecedores que, gracias a corajes como el suyo, han empezado a declinar definitivamente.

Esta larga carta de amor se compone de breves mensajes de náufrago, de enumeraciones prolijas de lo que piadosamente llamamos ineficiencia y en realidad significa complicidad con los personeros de la muerte.

Y este extenso testimonio es nada menos que una victoria sobre la muerte y las tinieblas, que podría epilogarse con los versos triunfales del poeta: "Muerte, no te enorgullezcas aunque algunos te llamen poderosa y temible, porque no lo eres, porque aquellos a quienes crees doblegar no mueren, así como no puedes matarme a mí".*

Presentación del libro *Tu ausencia, tu presencia,* 1988

---

* John Donne.

Lo mejor que nos está pasando

NO ERA POSIBLE CONSTRUIR una democracia sobre bases de iniquidad. Criminales impunes, historia falsificada, testigos mudos, robarían todo sentido al progreso que pudiéramos conseguir.

Era inevitable pasar por esta macabra revisión, porque añadir a la miseria social una amnistía (o mejor, amnesia) acabaría por convertirnos en un pueblo de eternos culpables. Eso haría utópico el "Nunca más", según el axioma dostoievskiano: "La culpa precede al delito".

Es imposible crecer acosados por aquellos fantasmas que, como dijera confidencialmente un almirante en París: "Cometimos el pequeño error de enterrar sin identificar". "Pequeño error" que ni siquiera cometieron los nazis, que redactaban maniáticos inventarios de las víctimas y sus pertenencias. Los nazis, que no pregonaban una religión que considera abominable no enterrar en sagrado. Y todas las culturas primitivas nos enseñan que es precaria la paz entre los vivos mientras no reine también para los muertos.

Y es imposible pasar de largo ante las víctimas sobrevivientes porque nos transformaríamos (¿no lo somos ya?) en un vecindario de zombis, culpables por distracción y falta de solidaridad.

Era necesario el boato, los miramientos, toda la majestad de la

Justicia para tratar a los autores de la peor barbarie de nuestra historia, perpetrada en mazmorras, chupaderos o sucias corrientes. Esta lección cívica es lo mejor que nos está pasando. Aunque las angustias económicas nos distraigan de otras ganancias, ser espectadores comprometidos con este acto histórico empieza a redimirnos de habitar un sórdido lodazal.

El cuadro formal de la Justicia pone en caja a la prepotencia. Algunos acusados mienten con cinismo, pero ya no pueden usar la amenaza ni vociferar la orden verbal. Esa precisión de lenguaje, ese rigor del interrogatorio son didácticos y a la larga impregnarán nuestros modales políticos. Por eso, fuera del Juicio, muchos matones agoreros y deslenguados se retractan, deben asumir las réplicas o la querella, hasta que el retirado estilo pendenciero caiga en oídos sordos y finalmente en desuso.

Sumergirnos en el horror que se nos revela día a día es un rito de purificación, una dolorosa forma de patriotismo en la que deberíamos emplear nuestras maltrechas energías como plegarias para que la Justicia triunfe y permanezca.

¿Qué otra cosa podremos legar? Somos pobres de todo menos de conciencia moral.

La Razón, 17 de mayo de 1985

Sara Facio y Alicia D'Amico, 25 años de fotografía

PRIMERO QUIEREN ESCRIBIR un tratado de historia del arte; pero topan con una cámara, e intuyen que el arte también pasa por allí, y que la historia que escribirán *con luz* es otra. Es la historia de nuestras vidas. Desde el principio buscan lo que encuentran, y aprenden a capturarlo. La Escuela Nacional de Bellas Artes y un viaje de estudio por galerías europeas les dan una severa cultura: ojo sabio, libre, alerta. El que transmite la *revelación*. Porque eso es, en definitiva, una buena foto: la que nos revela un secreto que no podemos aprehender por otro medio. Una *verdad revelada,* y no sólo para santos o profetas.

En el estudio de la calle Juncal —dos salitas y un insondable subsuelo— los premios internacionales abarrotan paredes y estantes. Pero no se trata del llano ambiente del *comercio fotográfico.* Reina un clima de taller vivo, que, contemplado a esta distancia de cinco lustros, vira a colores de leyenda.

La inalterable hospitalidad de las dueñas lo convirtió en un refugio para protagonistas y aspirantes, provincianos y extranjeros, clientes y extraviados. Un sitio tan frecuentado por tantos, que podemos incurrir en la ingratitud de considerarlo demasiado familiar.

Allí no hay sed ni tiempo para las autocelebradas copas de nuestros vates: no es una *peña*. Pero por urgente que sea el trabajo ("*Las chicas* pueden hacernos 150 copias y un mural de 3 metros para el estreno de pasado mañana..."), siempre hay lugar para un cafecito muy conversado.

Sara y Alicia se transforman en espontáneas confesoras de actores vacilantes, de *modelos* ambiciosos, de perseguidos políticos, de poetas que acarician sus fotos de contratapa, de cantantes que posaron guitarra en mano y siguen cantando por pura amistad.

El estudio también es escuela para curiosos: allí aprendimos una materia descuidada por la cultura académica, y a menudo ignorada por los mismos fotógrafos: el arte y la historia de la fotografía.

Facio y D'Amico han edificado —libro sobre libro, revista tras revista— la más completa biblioteca fotográfica del país, ¿y de sus alrededores? Por ella conocemos a los grandes maestros: Julia Cameron, Edward Steichen, Alfred Stieglitz, Cartier Bresson, Dorothea Lange, August Sander, Lewis Hine, o a nuestros precursores: el peruano Martin Chambi, el mexicano Alvarez Bravo, el argentino Fernando Paillet.

Las anfitrionas siempre tienen tiempo para abrir un libro y remirarlo amorosamente para nosotros. Aprendimos que un *maestro* no es necesariamente alguien que sorprende por el argumento de sus fotos, por la fama del personaje retratado, porque ganó premios o porque "su técnica es irreprochable". Los maestros nos confirman el sentido de *revelación* por el misterioso encanto subjetivo de sus imágenes, y descubrimos, además, que muchos de ellos son apasionados humanistas, críticos de sociedades perversas, y aun víctimas del propio mal que denunciaron, como el abnegado W. Eugene Smith.

Y es entre los humanistas donde hay que ubicar a nuestras *grandes maestras* Sara Facio y Alicia D'Amico. Desertaron de concursos y salones, rechazaron el lucro a cualquier costo, no se petrificaron en una estética complaciente, y quizá pudieron adoptar como lema el verso de Quevedo: "Vivamos, sin ser cómplices, testigos...".

Recién inaugurado el estudio, de regreso del periplo europeo, deciden enviar a París una muestra de fotografía argentina. Este gesto es precursor de otros que retomarán después, hasta convertirse en incansable usina de intercambio fotográfico universal.

En este estudio, la generosidad y el amor a la profesión proyectan mayores luces precisamente en los años más sombríos: estos últimos desgraciados tiempos, en que muchos creadores sobrevivientes debieron recortarse y arrinconarse. A Sara y Alicia les prohíben a última hora la presentación del célebre libro *Buenos Aires-Buenos Aires* (porque incluía textos de Julio Cortázar); se ven obligadas a destruir o esconder imágenes comprometedoras (fotos de la campaña del presidente Salvador Allende); con el Apagón disminuye el trabajo remunerado; desdichas privadas colman el siniestro clima general...

Pero allí no cala el desánimo, y precisamente entonces, en lugar de retraerse, emigrar o dedicarse a lustrar sus ya sólidos laureles, se empeñan en pilotear una empresa destinada en gran parte a la difusión de la fotografía ajena.

Asociadas a María Cristina Orive, organizan la Editorial Fotográfica La Azotea: postales y libros distribuidos en firme en el exterior y a duras penas en el país. Es un comercio tan lucrativo como el del editor de poesía; pero los pocos maravedíes recaudados los invierten en solventar otras ediciones. Fundan el Consejo Argentino de Fotografía, y promueven un movimiento solidario entre colegas, empezando por casa, y siguiendo por América Latina y el mundo. Traen a Buenos Aires importantes muestras de fotógrafos franceses, italianos, españoles, sudamericanos. Participan en congresos internacionales, editan un libro de *Fotografía argentina actual,* sacuden embajadas y agitan polvorientas asociaciones, despiertan a funcionarios y persuaden a burócratas... Pero detengámonos un poco. En estas reseñas, todo parece fácil, brotado de la magia, o amparado por una colosal Fundación norteamericana o un Ministerio de Cultura. Editan, llevan, traen, organizan, sacuden; pero... ¿cómo?

Al estilo argentino: a pulmón. Cuentan con las energías y la solvencia de la fotógrafa Orive; pero carecen de la *infraestructura* de una oficina comercial: secretaria, cadete, mandadero. Sin abandonar el trabajo específico —que, al ser elegido, no resulta rentable como para armar esa estructura—, se dedican, entre otras cosas, a la redacción de artículos, ensayos y ponencias, correspondencia internacional, vigilancia de trabajos de imprenta, clasificación de postales, propaganda y prensa, burocracia bancaria e impositiva, recepción de clientes y visitantes, atención del teléfono, viajes varios...

No es raro que, en sus *ratos de ocio,* Alicia redacte un volante feminista, y Sara, trepada a una escalera, dé una mano de pintura a la galería. (Para descanso del lector y en honor a la verdad, aclaro que desde hace un año cuentan con una joven secretaria...)

Era, como dije, ocasión de dedicarse a lustrar los propios laureles. Alicia y Sara figuran desde hace tiempo en las grandes enciclopedias, en las más serias antologías internacionales. Sellos de correo reproducen sus fotos; otras integran colecciones en Chicago, París, Tokio, Nueva York. Y el prestigio de ser profeta en su tierra no las confunde: son apasionadas de *la* fotografía, no sólo de *sus* fotografías. Por eso ponen en ebullición la dispersa colmena de los colegas. Gracias a ellas, en los ámbitos culturales del país se empieza a tomar en serio la fotografía, no como pasatiempo ni como villa miseria de la pintura, sino como arte contemporáneo por excelencia. Recobrada la democracia, se le abren puertas de museos y salas oficiales. Facio y D'Amico encendieron la llama, que cundió en sana emulación, y el país florece hoy de muestras fotográficas. Fueron promotoras de esta inquietud, del esclarecimiento de profesionales y espectadoras. Es bueno señalarlo, porque las patriadas femeninas suelen resultar *desaparecidas* de la historia con tanta facilidad como el botón magnético borra el videotape.

Esta serie de fotografías sintetiza veinticinco años de caudalosa creación. Dije que las fotógrafas cuentan nuestras vidas, no porque sean cronistas puntillosas o abunden en retratos, sino porque en su punto de vista hay mucho de una particular sensibilidad criolla. La síntesis, el reflejo, la insinuación suelen valer más que el efectismo o la búsqueda de maquillados esplendores.

Por eso, porque se trata de nuestra vida de americanos de fin del mundo, me cuesta apartarme y caber en la distancia del espectador crítico. Apenas puedo decir que el mérito de estas fotógrafas es la intensidad. Que su visión es dramática, y al mismo tiempo serena. Que desde un principio se concentraron en el rostro y la figura humanas, desechando trucos experimentales o *naturalezas muertas*. Que traducen en una sola cara el dolor de un pueblo, y permiten reconocer un momento histórico. En un solo claroscuro develan la angustiosa alegría del mundo del espectáculo. En una breve serie, todo el esfuerzo y la levedad de la danza. En otra, la búsqueda de identidad de algunas mujeres, que *eligieron* su retrato y se indagan a través de la cámara en mano ajena. Que famosos y anónimos merecen el mismo sobrio y armonioso tratamiento. Que tienen el humor de dedicarse a veces al desnudo masculino. Que los días oscuros pesan en sus fotos con un involuntario desequilibrio de sombras sobre luces. Que ese antiguo Buenos Aires no es un rescate de arquitecturas condenadas, sino el marco melancólico de sus intemporales habitantes.

Pero donde quizás aciertan con su más profunda verdad es en las imágenes del libro *Humanario*. Pobres congéneres deportados al infierno de nuestros Institutos Siquiátricos —por así llamarlos—, que Facio y D'Amico recorrieron con el corazón pesado, para realizar un estudio tendiente a llamar la atención de los encargados de aliviar semejante estado de injusticia. Ya no hablamos aquí de *revelación,* sino de *transfiguración.* Un niño en gris, angélico en su ambigua sonrisa. Personajes de tragedia o de farsa, seres yacentes a la espera de la resurrección. Las imágenes son bellísimas, pero no debidas a una intención estetizante que enmascare el horror. Son bellas por piedad, por ausencia de patetismo, por amoroso respeto a la persona caída en el más inicuo de los desamparos.

Esta colección de veinticinco años de fotografías no es sino una síntesis. No significa una etapa terminada, ni nostalgia de lo ya realizado, ni ostentación de reliquias y presencias. Es un pórtico abierto a futuros entusiasmos, a la sabiduría de la madurez.

Sara Facio y Alicia D'Amico trasponen este aniversario para volver, como siempre, con nuevas obras salvadas ya de incomprensión u olvido.

Prólogo del libro-catálogo *Sara Facio y Alicia D'Amico: 25 años de fotografía*, 1985

Niní Marshall,
nuestra Cervanta

Nos HEMOS REÍDO tanto con ella, que olvidamos tomarla en serio, pero calificarla sólo de humorista es una manera de *ningunearla*. Es nuestra gran novelista, que por usar los flamantes medios —radio, cine— resulta todavía inclasificable para los revisores del lenguaje que sólo se atienen al prestigio de la palabra impresa.

Niní, renovadora de la expresión literaria, se adelantó a su tiempo y sólo es celebrada en el arrabal de los "clásicos" populares. "Chaplin con faldas", dijo un crítico. ¿Por qué no Cervanta americana?

Perdonen las teólogas del feminismo este parangón masculino, que si no le añade méritos, tampoco se los mezquina. Al menos no la comparo con un genio silencioso.

Así como en las posadas del Siglo de Oro los rústicos esperaban el arribo del licenciado o la dama que les leyera las peripecias de los mil personajes del *Quijote*, así nosotros nos congregamos hace medio siglo en torno de la radio para escuchar a una mujer que nos caricaturizaba en ámbitos tan desangelados como los páramos de Castilla. Los oyentes descubrimos un continente cómico deslumbrante en esa loca múltiple, asistida por el irreemplazable Sancho culto, *reprochador de voquibles,* llamado Juan Carlos Thorry.

Sólo un prodigioso dominio del idioma le permitió a Niní descalabrarlo, transvestirlo y lanzarlo a las efímeras *ondas del éter,* como escritura en la arena. Bien podemos lamentarnos hoy de no tener un Museo de la Broadcasting como el que fundaron previsores neoyorquinos.

Por fortuna, la autora animó en el cine todos los personajes de su retablo, arrasando también con los modelos interpretativos de la época: divas marmóreas, villanas gominas, chistes previsibles. La payasa sigue disimulando a la gran escritora. Niní, Cervanta nuestra. ¡Se lo decimos en su propia cara las chusmas de las d'enfrente!

Revista *La mujer y el cine,* 23 de marzo de 1989

El arte
de Hermenegildo Sábat

ESTE ORIENTAL SEVERO como un predicador, de parla abaritonada, estaba una noche de sobremesa en casa del maestro Alberto Breccia y su esposa Irma, la *pajarista,* rodeado de algunos amigos. Alzado el mantel de la sacrosanta hospitalidad criolla, el Menchi se puso a dibujar con ambas manos un fantasma asimétrico, un duende que atraviesa la niebla del recuerdo. Eramos más jóvenes pero más desdichados porque andábamos arañando jirones de libertad, porque sobrevivíamos en criptas, y los maestros Breccia y Sábat y el discípulo Geno Díaz se pusieron a dibujar, a respirar.

"¿Cómo va a ser un genio si vive a la vuelta de mi casa?" Esta necedad folklórica puede esconder un reverso alarmante: "¿Cómo va a ser un genio si el foro académico no lo ha incluido aún en su nómina de inmortales de las Artes Plásticas? ¿Cómo va a ser un genio Sábat si vemos sus obras en papel de diario y diariamente, no colgadas en las augustas salas de un Museo (pese a que su libro *Monsieur Lautrec* resulte un museo personal donde resplandece su maestría sobre los colores)? ¿Cómo va a ser un genio si lo vimos dibujar con las dos manos, por pura diversión, ajeno a las subastas, al maratón de mercados donde se mide, pesa y tasa a los artistas?"

Sin embargo, no es aventurado atribuirle genialidad a este aparente escolar prolijo, que hace sus deberes por encargo de una actualidad que lo toca intensamente: una satisfacción tras otra, un disgusto tras otro. Su relación con el público es en esencia democrática, como quien dice al aire libre, alguna vez entre tapas, rara vez entre muros.

"Dibujó la historia de estos años como nadie", escribió Fermín Chávez. *Dibuja como nadie,* me permito corregirlo. Cuenta fragmentos de historia sin palabras —sin verso— retratando a sus protagonistas rodeados de un paisaje o un ladero por todo comentario, que le permiten desahogar la burla, la bronca, la piedad. Es "un cínico dotado de compasión", como dijo de sí mismo el fotógrafo W. Eugene Smith, porque aun para delinear a los personajes más deleznables, una miguita de ternura los humaniza, quizás a su pesar.

Sábat nos enseña a leer imágenes. El que quiera aprender que aprenda, aunque el artista no se proponga ser didáctico. La rutina no lo petrifica, la precariedad de la impresión lo estimula y entonces cambia de estilo, despista a sus imitadores y se torna más inconfundible.

¿Cómo aprendió a dibujar? Las respuestas autobiográficas de Sábat suelen ser extravagantes. Por ejemplo: "Porque desde muy chico, en Pocitos, dibujaba mucho...". ¿A quiénes considera sus maestros? "Y bueno, a mí me gustaba la revista *Caras y Caretas* y entonces..."

Sí, es posible que estudiara la abundante tradición rioplatense de humor gráfico, pero su obra delata una cultura más ambiciosa, la del chico de Pocitos que después asimiló muy bien su Leonardo y su Goya, su Spilimbergo y su Carlos Alonso.

Descubrir una noticia ilustrada por Sábat es un lujo, un privilegio de las empresas que lo convocan y de los lectores que lo disfrutan. Pasado poco tiempo, los personajes no resultan sino "arena que la vida se llevó".* Cuesta recordar por qué merecieron figurar en una galería donde el modelo suele ser las más ve-

---

* Homero Manzi.

ces irrelevante. Sólo permanece la calidad del retrato. Parece que vivimos en un País de las Maravillas, sí, como el de Lewis Carroll que ilustró John Tenniel, plagado de monstruos de pesadilla.

Precisamente en Europa, en el siglo pasado, se rastrean célebres antecedentes de este género que todavía muchos sabihondos se niegan a considerar con el debido miramiento. El pasquín *La Caricature,* que albergó los dibujos de Daumier, y el *Punch,* con las caricaturas de John Leech o el mentado Tenniel, desplegaron toda una crónica política y social, a menudo más verdadera que la historia misma, porque reveló sus secretos.

Precavido, consciente de su valor singular, Sábat ofrece cada tanto una antología de sus dibujos en forma de libro. Que me perdonen los amadísimos y talentosos humoristas, por fortuna numerosos en nuestro medio, repartidores del gracioso pan de cada día, pero sin duda coincidirán conmigo en creer que Sábat es incomparable y quizás involuntario rector de todos ellos. Rescata sus obras en libros, para evitar que arqueólogos del futuro se inclinen perplejos sobre papeles mal impresos y peor envejecidos, preguntándose cómo y en qué lugar del mundo sucedió este prodigio: que un artista sirviera, como Daumier, a las máscaras de un carnaval casi siempre despojado de grandeza. La grandeza la pone él, observador, traductor, exagerador de modelos a menudo olvidables o siniestros, añadiendo una gota de miel a esa "¡memoria, ciega abeja de amargura!".* Este oriental *bien nuestro* sería considerado en Japón un "Tesoro Nacional". Aquí también, porque nos permite sentirnos ricos, habitantes de un País de las Maravillas asediado de monstruos, pero que Sábat contribuye a redimir por el arte.

Prólogo del libro *Una satisfacción tras otra,* 1990

---

* Juan Ramón Jiménez.

Carta a Mozart

(27 de enero de 1756 - 5 de diciembre de 1791)

Caro Wolfgang:

Te escribo desde un planeta de muy bajo perfil, ni lo recordarás, pero muchos terráqueos te seguimos amando, es uno de nuestros escasos méritos. En medio de la hecatombe acústica urbana —bocinazos, escapes, sirenas, aviones, opinadores radiales, altavoces, chafalonía rítmica, explosión de decibeles— podemos, *a piacere,* sumergirnos en tu música. Es decir, "amanece, que no es poco".

"Mi vanidad y mi nostalgia han armado una escena imposible":* Imaginar que recalas hoy aquí, en este confín del mundo. ¿Por qué no? Si conocieras las maravillas que se han inventado en este siglo, tu cuerpo travieso resucitaría. Con sólo oprimir una tecla puedes inundarte de una música tan perfecta como invisible, la tuya o esa Pasión según San Mateo que no llegaste a conocer porque en tus tiempos Juan Sebastián Bach "estaba en baja". Te sientas ante teclados y botoneras e improvisas un océano de armonías. Puedes componer máquina mediante en

---

* Jorge Luis Borges.

lugar de deslomarte apuntando nota por nota sobre mesuchas de posadas o sobre las rodillas, como hacías en las carrindangas que te zarandeaban por toda Europa. Inmediatamente puedes oír un borrador de lo que compusiste, ahorrándote la prueba con los músicos, sus chapucerías y sus chistes.

Amabas las innovaciones: el piano que sucedió al clavecín, o el xilofoncito de cristales ("glasarmónica") perfeccionado por Benjamín Franklin. Ahora dispones de una gran juguetería electrónica, pero el progreso es relativo: "Será esto la eternidad, que estamos como estábamos".* Falta saber si alguno de esos timbres cibernéticos sirve para dulcificar a los carceleros como las humildes campanitas de Papageno, el hombre-pájaro de tu ópera *La Flauta Mágica,* que estrenas aquí en el Teatro Roma de Avellaneda. El público de pobretones y estudiantes se abstiene de gritarte: "¡Idolo! ¡Genio! ¡No te mueras nunca!", no sólo porque recapacitan en que eso se lo han gritado a muchos sin demasiado asidero, sino también porque los masones han colocado una pancarta triangular que traduce un anhelo tuyo: *Lo que más me emociona es la aprobación silenciosa.*

Aquí no hay Nobleza, Amadé, quédate tranquilo. No precisamos ser Príncipes-Arzobispos, ni marquesas con lauchas en la peluca para tener el privilegio de escucharte. Sólo necesitamos curiosidad y un modesto capital para adquirir grabador y casetes, o atinar con un programa de radio. No hay príncipes, pero hay aquí una clase media rococó que entiende de vinos, saquea los zocos de los aeropuertos y sueña con peregrinar hasta tus pagos donde te han convertido en santito rendidor. Hace tiempo que los caranchos trafican con tu inmortalidad vendiendo chatarrería-souvenir con tu efigie. Santito procaz, ¿qué dirías de ese bazar?

Otras cosas buenas han ido sucediendo entre catástrofe y

_____

* Gabriela Mistral.

desastre, no sólo la invención de artefactos sonoros. Poco después de tu tránsito, músicos y autores empezaron a reunirse para tratar el tema del *derecho de autor,* algo impensable en tu época, cuando dependías del capricho de mecenas y editores, y a menudo los músicos integraban una servidumbre que, en el mejor de los casos,estaba sujeta a dádivas pero no a salario. Hoy cobras derechos cada vez que se difunde una obra tuya, pero es tarde, tenemos una deuda eterna contigo y tu miseria.

Juguemos a que has llegado. ¿Cómo describirte la iridiscencia de la presidenta del Mozarteum, que en vano quiere distraerte de tu curiosidad callejera y llevarte a la velada de gala en el Teatro Colón? Te rodea una manifestación de jubilados en Plaza Lavalle, y procuras marcarles cierta coherencia rítmica a los bombos, los redoblantes y las cacerolas golpeados a la bartola. Supones con bastante razón que es la única música autóctona que nos queda. Consigues, como por arte de magia, que los veteranos entonen, en súbito arreglo a tres voces, tu *Exultate, Jubilate,* que les infunde juveniles energías.

Se ha corrido la voz de tu llegada, con el doble atractivo de que no sólo vienes del primer mundo sino también del otro, y aunque la TV no se enteró, acuden *fans* y despistados a celebrarte. Se acercan los tangueros (trajeados de casa Braudo) portadores de un bandoneón, instrumento que curioseas e inmediatamente dominas. Avanzan los rockeros (vestidos como el Virrey Vértiz) y te ceden guitarras y sintetizadores conectados a catorce camiones de aparatos de amplificación.

Irrumpen las folkloristas (de poncho zurcido y revoleando pañuelos) y te ofrecen rasguear un charango. Arriban los bailanteros (vestidos de meteoritos), que se equivocaron de plaza. Se acercan los compositores de música sinfónica (en harapos) y los docentes de conservatorios (en andrajos) y procuran explicarte quién corno era un señor Köchel eternamente unido a tu nombre porque ordenó y clasificó tus manuscritos. Avanza una columna multitudinaria y aguerrida: madres y profesores de niños precoces aspirantes a lucirse en programas infantiles de TV. Como posees el arte de apaciguar, para tranquilizarlos les preguntas cuál de tus obras prefieren. Los adultos se miran los zapatos, en un silencio de trágame tierra. Son muy buena gente, Amadeus, pero viven exiliados de tu música y no saben que de ese modo les escamotean la herencia a sus hijos, que sólo se enteraron de que a los cinco años ya eras una *estress-ha*. Los chicos te dedican una pacotilla desentonada y saltarina que te asusta porque supones que les ha dado un acceso de alguna enfermedad convulsiva. Se hace tarde, en el gallinero del Colón ruge la impaciencia y a los rococó que pagaron quince mil dólares la platea se les ajan las sedas.

Entonces termina el juego de esta carta. No has venido ni hace falta que vengas porque estás y siempre estarás en esta "ciudad de pobres corazones".* Siempre estarás presente en este mundo donde desconocerte es un castigo. Cada vez que te convoquemos vendrás piadosamente a exorcizarnos. Amén.

Clarín, 5 de diciembre de 1991

---

* Fito Páez.

Oda a los baños públicos

EL CERDO RECULARÍA y el ave carroñera alzaría vuelo, pero el humano acuciado penetra en cuchitriles marcados con su sexo y cuyas puertas jamás cierran, la madera hinchada por el Diluvio, los pestillos robados desde el tiempo de los malones.

Entre cariados azulejos y calamitoso descalabro de artefactos, sortea en penumbra la mugre secular y se libera, condenado a pagar ominosamente su condición de escarabajo en un país que tiene todos los climas.

La persona sin derechos humanos sanitarios oprime un botón que debería expulsar las aguas residuales y sólo las reúne sobre papiros recargados de inscripciones arcaicas, "y crece el mal por razones que ignoramos, es una inundación con propios líquidos, con propio barro y propia nube sólida".*

El suplicio, como la muerte, elige a su víctima sin distinción de clase ni de género, entre nativos y turistas, en lujosas confiterías o terminales de suburbio, ¡en escuelas y hospitales!, en teleemisoras que convocan a multitudes, en estadios donde las escaleras se convierten en cataratas de heces.

_____

* César Vallejo

Alguien se asomó a un *servicio* en la mismísima Casa Rosada, y el volumen y la antigüedad de la cochambre le permitió añorar la época virreinal, dotada de la noble tradición del sillico de alivio.

Alguien, tras recorrer en precario autobús 300 kilómetros de desierto patagónico, llegó al refugio de Turismo, donde se erguía un hediondo gabinete, solitario en el paisaje tan publicitado y que no ofrecía consuelo de roca o matorral.

Centenares de sabihondos y suicidas se internan en los "tualés" de los cafés de la calle Corrientes, y los más animosos logran sobrevivir.

Millares de madres con sus crías en paquetes y recreos públicos descubren un aposento que sí brilla, pero por ausencia.

En el país que desconoce la discriminación, casi todo habitante es deportado alguna vez a estos cubículos inevitables, no hablemos del incapaz de ascender o descender las gradas del averno.

Esto sucede en los *bolsones de riqueza* de una nación del tercer mundo con tan alto nivel cultural que sus funcionarios asisten a congresos de Salud Pública donde: a) elaboran teorías sobre la orina de los ángeles, b) costean risueñas campañas contra las enfermedades infecciosas, c) desmienten que vayamos a importar excrementos de origen versallesco.

Bienaventurados los peregrinos a Luján porque conocerán la única ciudad compasiva con las sustancias corporales.

Bienaventurados los incorpóreos porque prescinden del común estercolero, espejo de miserias mayores, indicio de alevoso estancamiento.

Clarín, 19 de diciembre de 1991

Concierto de fotos en Houston

EZEMIA. Nombre dado por la computadora al trayecto entre Ezeiza y Miami. MIAHOUS no es un país de gatos sino la clave del colectivo aéreo que va de Miami a Houston. EZEHOUS vendrían a ser dos extremos en todo el sentido de la palabra, separados por años luz. ¿Qué hago en Houston, aparte de sentirme rara como el cosmonauta Krikalev devuelto al suelo terráqueo? Aterrizo en calidad de observadora espontánea del FOTOFEST, un acontecimiento que, además de alterar la ortografía inglesa (se escribía *photo* antes del marasmo idiomático que permite a los españoles publicar *Photovisión*), por su producción armoniosa podría llamarse concierto de fotos.

HOUSTON. Centros de torres monumentales ligadas por autopistas, altísima cajas de muros ciegos coronados de cristal, ¿desiertas? El hormiguero humano va encapsulado en vehículos —todos flamantes, todos distintos—, de allí a los "aparcaderos" subterráneos, a veces a pie por puentes cubiertos de torre a torre. Moles con vida oficinesca movida a fuerza de fortunas petroleras, civilización de fortalezas. Calles sin nadie, sólo algunos pobres —todos morochos— esperan el autobús en las esquinas. En muchas plazoletas, la desolación se anima con obras de arte —de Henry Moore, de Jean Dubuffet, de Joan Miró—, algo envidiable como el edificio de la Biblioteca Pública, que nos corta el aliento con sus ventanales que regalan luz a una multitud de libros y lectores. Aparte del ramalazo de envidia, ¿qué hacer en una ciudad sin mercadito ni kiosco ni chola vendedora? Un papelito tirado en la calle resulta insólito como una araña en un quirófano. Un peón pule las veredas de la plaza, gloriosa de azaleas, con una sopladora que devuelve al césped lo que es del césped: las hojitas cortadas. Sólo queda internarse en el laberinto lustroso de los centros comerciales o los museos. Por ejemplo la colección Menil, impecable pabellón ubicado en un pulmón de pulcros jardines, y que al menos en un día hábil alberga más guardianes que concurrentes.

La escasa secta de los fumadores es marginada, o se automargina presintiendo que no está lejano el día en que sea condenada a prisión. En una fiesta privada, en noche de frío intempestivo, los tres fumadores presentes (extranjeros) son invitados a hibernar en un jardincito bordeado de tulipanes que estaban en la heladera y fueron extraídos y "plantados" para aspirar el frío natural y transformarse en silenciosos ujieres del vicio.

CONVENTION CENTER GEORGE R. BROWN. Un edificio público descomunal puede no resultar fascista cuando conserva características respetuosas del ser humano. Este centro de exposiciones y asambleas pertenece a una especie moderna emparentada con el Centro Pompidou de París. Gordas cañerías a la vista, pintadas de rojo y azul, pasillos anchos como avenidas alfombradas, escaleras mecánicas que parecen verdaderas obras de arte. ¿No será todo Houston un *arte-facto*? Este edificio sorprende pero no apabulla porque carece de barreras arquitectónicas, no hay un solo escalón, sí ascensores con los números en Braille, y prefiero pasar por alto la esplendidez de los baños para no deprimir al lector que ya perdió las ilusiones en materia de aseo y de cultura entendida como calidad de vida.

EL COCOON. Allen Park Inn, motel arcaico en esta ciudad recién estrenada. Al principio nos parece pobretón, una suerte de parador estudiantil, pero poco después valoramos el haber sido alojados en este capullo protector, que nos ahorraran el gran hotel en cuyos pasillos afelpados acecha siempre el puñal del asesino. Aquí llegamos a la habitación por los rústicos senderos de un jardín con piscina y decoración disneyana: arbustos iluminados, fuentes multicolores, ranitas de yeso. En el jardín se improvisan conciliábulos en varias lenguas maltratadas que abordan un solo tema: la fotografía. Paradoja de humor negro: en el hotel se reúne también un congreso de ciegos. Las varillas blancas rozan a los portadores de figuras, que tampoco parecen ver mucho fuera de sus lentes. (¡Cuánto reportero gráfico nos habrá derribado de un mochilazo, sin percibir que éramos un bulto en el espacio!) No sé si en el Cocoon reparan demasiado en la paradoja porque están sumidos en sus charlas y sus papeles. Los "no videntes" se abren paso como si fueran invisibles.

FOTOGRAFOS. Raro gremio, de perseverancia comparable a la de los poetas. Es mayor la oferta que la demanda, y en general deben contentarse con el prestigio entre colegas, aceptar otra invitación, obtener becas o la edición de un libro destinado a minorías. En plena juventud transitan descangayados por el peso de sus equipos, con un aire de obrerachos-intelectuales. Esperan crear un público de puros observadores de la fotografía creativa y penetrar en el mercado de las artes pláticas, algo que FOTO-FEST estimula mediante la concurrencia de gran número de mecenas o directores de galerías. En los intervalos de espera del carricoche que nos llevará al Convention Center, hay variedad de movimientos dentro del motel, pero la vocación de salir a dar una vuelta a la manzana resulta amargamente frustrada. No hay manzana, no hay vereda; hay una autopista, un baldío con descomunales tanques, y el único edificio accesible a pie es (¡Santa Clara nos proteja!) la emisora local de TV. Los "hispanos" nos reunimos como pollos mojados en el bar bohemio y que permite la fumativa. Otro refugio es la fonda vietnamita que enfrenta los fondos del Center, también semiaislada en un páramo. Allí es posible reencontrar el olor a fritanga y el familiar zafarrancho tercermundista. "¿Qué pasa, por qué hay tanto homenaje a Chile?", pregunta un despistado, confundiendo la bandera de Texas con la chilena.

FOTOFEST. Cuarto festival creado por Wendy Watriss y Fred Baldwyn con austero rigor artístico, una filosofía humanista, y gracias a la colaboración de una muchedumbre de patrocinadores y voluntarios. La muestra, dispuesta en un laberinto de paneles divididos en dos naves y en una penumbra semejante a la de una catedral, pretende contar la historia a través de la fotografía. No hay referencias al V Centenario, pero están implícitas: "Esta muestra significa conmemoración y crítica". Y todo emprendimiento que esclarezca sobre el cruce de culturas y la integración de distintos grupos humanos significa trabajar contra el odio. Este es el trasfondo ideológico del festival, algo que lo convierte en especialmente apreciable, más allá de una valoración cuantitativa y estética. "Uno de los movimientos más grandes de gente en la historia de la Humanidad sucedió durante los primeros cien años de la fotografía. De 1840 a 1940 más de cuarenta millones de europeos emigraron a América." Una de las naves de la "catedral" ofrece imágenes de Iberoamérica; la otra, fotos europeas. Los directores de este concierto saben mucho de armonía, y aciertan al coordinar un contrapunto entre nuestros conflictos y los europeos, las herencias y los intercambios.

Hay una buena parte de documentación histórica de nuestra América, enternecedores retratos de principios de siglo o narraciones gráficas de guerras, de la pobreza indígena, de los ritos religiosos, de los enfermos mentales, de campesinos y celebridades, sin descartar los experimentos que combinan varios medios expresivos. Wendy y Fred rastrearon personalmente el material en sus países de origen y gran parte de él se exhibe por primera vez.

Paso horas reencontrándome con esa historia nuestra, en la penumbra y con un delicado fondo musical. Me conmueven las personas, los paisajes y la violencia de nuestros pobrecitos países, y necesito un intervalo antes de sumergirme en la nave europea, que quedará para otra ocasión. Subo al primer piso y me siento ante el ventanal. El contraste es alucinante, difícil el tránsito de ese muestrario en tinieblas a la luz impiadosa de Texas. Las imágenes permanecen impresas en la mente, los ojos se resisten a recorrer la inmensa plaza vacía, las calles como patenas, al fondo la escenografía de torres deslumbrantes, como un gigantesco *trompe l'oeil*.

En ese piso superior se desarrolla una muestra paralela. Los fotógrafos abren sus carpetas acarreadas como paredes portátiles, despliegan sus obras gateando por la avenida alfombrada, hacen cola desde primera hora para que colegas más avezados o "curadores" juzguen sus méritos, se reponen con un café en el puestito atendido por una amable centroamericana. El público puro por ahora escasea, pero llegan delegaciones numerosas de escolares y estudiantes que penetran ordenadamente en el santuario, con un maestro que oficiará el sagrado rito de ayudarlos a abrir los ojos. Los fotógrafos parecen felices con el intercambio entre pares, como los poetas. Es un tópico decir que ya nadie lee poesía porque todos se dedican a escribirla. ¿Pasará algo semejante entre los fotógrafos?

ALGUNAS DAMAS. Wendy, americana cultísima y sencilla, con sus ojos achinados de Simone Signoret joven, *alma mater* de este concierto, esconde la batuta tras un talante inalterablemente cálido. Anuda cabos sueltos, relaciona y soluciona los desajustes inevitables en una organización tan compleja, jamás parece ansiosa ni falta de tiempo, jamás se muestra insensible al pequeño conflicto personal, y es evidente que una gran pasión la impulsa a mantener la continuidad de este acontecimiento tan serio como ambicioso.

La delegación argentina es numerosa. La decana, nuestra querida Grete Stern, que a sus noventa años viaja para recibir el merecido reconocimiento internacional. La alumna de la legendaria Bauhaus es también una leyenda viva para los jóvenes, pero reacciona con tanta precisión como humildad cuando se le atribuyen méritos que, según ella, no le corresponden: "No, eso yo no lo inventé, ya lo había hecho Fulano". Y a la hora en que muchos caen rendidos, ella se encamina a otro concierto, pero de música.

Pampa Trotti, bella compatriota residente en Texas, amadrina a los más pichones. Los aloja, alimenta y traslada; en la inauguración de la muestra nativa suministra empanadas y música de Lito Vitale; a menudo obra de paño de lágrimas. Por ella empezamos a enterarnos de cómo y dónde vive la gente de esta ciudad, al menos la pudiente. Casas de película en barrios residenciales, alejados, sin veredas ni vallas... y la misma desolación exterior.

Pauline, una mujer inolvidable. Americana de Kentucky, fue encargada por gente de la Universidad —donde reinició sus estudios después de veintiséis años de madre y ama de casa— para llevarnos de regreso al hotel. Debió despejar nerviosamente su coche de tazas, cubiertos, paquetes, y pochoclo, verdurita, revistas. Habló sin parar y, con toda la simpatía sureña de su vocación de novelista, curioseó en nuestras vidas y se metió en todos los berenjenales posibles en ese paraje de tan escrupulosa eficiencia. No podía salir de la playa de estacionamiento por haber extraviado la tarjeta, que estaba en manos de colegas a los que dejó olvidados en un patio; pidió socorro por fantasmales micrófonos, obligó a formar cola a pacientes conductores detrás de ella, trabucó la autopista y por poco nos llevó a Dallas. Para colmo de encantos, a sus anteojos les faltaba una patilla.

Giulina Scimé, italiana de Milán, célebre crítica respetada internacionalmente, observadora estrella, capaz de emitir juicios lapidarios en el tono más risueño. Es un duende gracioso y ubicuo, familiarizada con varias lenguas y todas las culturas. Su compañía fue el grato condimento de muchos ratos, la interlocutora ideal para comentar interminablemente el puritanismo norteamericano.

"Houston se construyó mayormente en los últimos veinte años", dice alguien. Pienso que en los últimos veinte años nosotros pudimos ser capaces de destruir otro tanto, pero prefiero recurrir al dato positivo y no salirme del tema. Hace dos décadas, en Buenos Aires, Sara Facio y María Cristina Orive fundaron —y hasta hoy sostienen a pulmón— la única editorial fotográfica de América Latina. Los libros de La Azotea se destacan en la encantadora y muy manoseada librería de FOTOFEST, y circulan por el mundo. No es poco.

Después del intervalo, hay que recorrer el segundo movimiento de este espectáculo, la historia europea contemporánea. Lo cierto es que atender al concierto entero lleva varios días, y muchos más si también visitamos las muestras dispersas en otras salas de la ciudad. Reingresamos una y otra vez en la "catedral", y si el viaje valió la pena fue porque salimos de ella con un profundo cambio interior, una carga emocional difícil de adquirir en los *shoppings* que a menudo nos sirven para desconocer los países que los albergan. El severo concierto será un privilegio de nuestra memoria.

Clarín, 23 de abril de 1992

Virginia Woolf y los secretos de la tribu femenina

QUIZÁ LE GUSTARÍA SER contemplada como agua tornadiza, como profundidad y espejo, medio siglo después, en los pagos de su amado Hudson; saberse sobreviviente a tanto naufragio de famas literarias y reaparecer hecha remolino y como respondiendo a las apetencias de cada época. Virginia Stephen vivió y murió sumergiéndose. ¿Qué buscaba, buceando en bibliotecas, archivos, documentos, memorias, biografías, correspondencias? Los secretos de la tribu femenina, las claves del dominio patriarcal. Y la basura bajo la alfombra: intereses de clase, tramoyas capitalistas.

Una dama inglesa, "hija de hombre ilustrado", fugando siempre hacia adentro, remando con la pluma en su *Diario* que, libre ya de censuras, navega por los 26 volúmenes: un maniático registro de lecturas, conversaciones, temores, ansias, y hasta la previsión de las críticas que le harían sus amigos. Y varios tomos de correspondencia, y unos cuantos más de ensayos. Nada le es ajeno, todo lo somete a revisión desde su óptica peculiar, una independencia de criterio que se llamará *la mirada femenina*.

Investiga amorosamente su idioma, quiere escapar de la rigidez del discurso masculino, desbaratar el orden cronológico, juntar los cabos del tiempo, amasar la prosa hasta aligerar sus períodos. Construye novelas a las que su marido califica de *poemas psicológicos.* Después de cada uno de estos partos, cae en un abismo sobre el que tiende otros puentes de escritura: cartas, reseñas, notas, crónicas. Exorciza como puede las dudas, una inseguridad de equilibrista que ningún éxito le permitirá apaciguar.

Un cuarto propio. Eso necesitaba la mujer para escribir. Y una renta, por ser la desheredada de la familia y del Estado. Su extravagante amiga Vita Sackville West tenía un castillo con 365 habitaciones, pero para escribir se embarcaba en cruceros por el mundo, y en los puertos no abandonaba el camarote. (Ni siquiera en el puerto de Buenos Aires, para desesperación de Victoria Ocampo.) Y Charlotte Brontë escribía en la cocina. Este último ejemplo fue citado en la primera crítica de *Un cuarto propio,* y de inmediato se ocupó Virginia de retrucarla: —No deseaba para sus congéneres un destino desdichado como el de las Brontë, quería que cualquier señorita Gómez o Pérez contara con una renta y un espacio en la casa, amén de un sitio en los centros de estudios vedados a las mujeres, y no ignora el problema de clases: tampoco el obrero tiene igualdad de oportunidades, pero la diferencia consiste en que no es marginado por razones de sexo, etc. ¡Qué paciencia! Justificarse ante los eternos dómines de la rutina conservadora.

Virginia Woolf escribió dos ensayos y una novela, considerados una trilogía: *Un cuarto propio, Tres guineas* y *Los años.* Vistas a la ligera, son obras proselitistas, dedicadas a revisar la situación social de la mujer, pero la autora huye de la chatura del libelo, remonta alto el idioma, casi bastarían esas tres muestras para conocerla, aunque *Los años* —se dice— no es su mejor novela. Son obras para leer hoy, y sin duda durante un largo porvenir. La bronca acuñada en el ensayo *Tres guineas* nos resultaría inspiradora cada vez que se nos solicita "poner el hombro" para financiar guerras, pagar impuestos que no redundan en beneficios, colaborar con causas dudosas. El cuarto propio, por otra parte, es metáfora de un ámbito mental, una manera de ordenarnos interiormente y escapar a la locura impuesta a las mujeres (y los pobres) por el discurso autoritario y represivo, sea de la Inglaterra victoriana o del presente tercermundista. O lo que el actual psicologismo llamaría *defender el propio espacio,* en la casa (si se la tiene) y en la sociedad (si así se la puede seguir llamando).

Victoria Ocampo *descubrió* a Virginia Woolf, y sus libros circularon en la Argentina décadas antes de que los reconocieran en París, durante una de las tantas resurrecciones del feminismo. *Un cuarto propio* apareció en Buenos Aires hacia 1956, traducido quizá con cierto desgano, por Borges. A algunos nos resultó irritante, tal vez porque carecíamos de cuarto propio ni teníamos donde caernos muertos. Gente de clase media, donde tampoco el *pater* disponía de privacidad, y la cocina, o el comedorcito de diario, eran taller, oficina, escritorio, cuartel general de la familia, del que transbordaríamos, en el mejor de los casos, a una pieza de pensión. Tardamos en entender el contexto histórico, la verdad y la metáfora. Quizás también tardamos en darnos cuenta de que la autora denunciaba muchas cosas más: ese lado siniestro, mezquino, mugriento, inhospitalario de Europa. Revela secretos que fueron y son muy bien guardados por nuestra permanente idealización de la *cultura europea.* Le basta a Virginia Woolf una minuciosa descripción de la diferencia entre dos comidas para condenar la desigualdad de clases y de géneros, los siempre mal repartidos dineros públicos. *Un cuarto propio* no se ha marchitado, merced a su gracia poética. Algunos argumentos fueron y son discutibles, por suerte, ya que eso nos permite seguir dialogando con la autora. Otros se derrumbaron porque la situación de la mujer cambió, no por arte de magia ni evolución natural, sino —entre otras cosas— gracias a la obra de esta inglesa solidaria, nuestra contemporánea.

Lecciones de la maestra. Nos enseña a valorar la lengua inglesa, a esforzarnos por penetrar en su admirable economía, o adivinarla bajo el matorral de las traducciones. Pero quizás, y sobre todo, nos enseña a *mirar el tiempo.* Escribe en colores, toda la gama de las hojas, las estaciones, los cielos, y el paisaje del ánimo, como en los personajes de *Las olas*. Durante un día, como en *Mrs. Dalloway*. O durante siglos, como en *Orlando*. Nos enseña a observar las cosas nimias, eleva a categoría poética los objetos cotidianos, algo muy imitado y no siempre felizmente. Nos enseña a leer entre líneas, es decir, a ser *inteligentes,* capaces de revisar tópicos y prejuicios.

Escarba sin descanso en el colosal monumento literario patriarcal: su amadísimo Shakespeare, Dostoievsky, Tolstoi, Flaubert (cuyas dificultades para la escritura compara con las suyas), Milton, que muy a su pesar la apabulla de poesía, porque preferiría detestarlo por *masculinista*. Y sus contemporáneos Henry James, Conrad (de quien escribe una conmovedora necrológica), Proust, Joyce... después del primer soponcio ante tanta obscenidad. Pero sobre todo se sumerge en *otro* monumento literario, para rastrear su linaje: Jane Austen, las Brontë, George Eliot, Elizabeth Barret, las matriarcas. Y rescata a las desconocidas, novelistas, memorialistas, corresponsales, ese océano de escritura femenina que fluye en Inglaterra en los últimos siglos. Traza un verdadero inventario de nombres y obras escondidas, y con ellas nos enseña a *mirar la historia* mujermente, labor bastante ingrata y sembrada de amarguras, pero iluminada por la adquisición de la lucidez.

Toda su obra es un pedido de oxígeno: espacio, libertad, serenidad, independencia económica. Coherentemente, se impone con frases aéreas, sobrevuela lo sentencioso o pedestre. Y lleva su cuarto propio al jardín: una mesa rústica, una pluma cucharita, un cuaderno apaisado, según la foto de Gisèle Freund. Su casa quizá ya estaba enteramente tomada por la Hoggarth Press, editorial doméstica y de amigos —el grupo de Bloomsbury— que se transformó en leyenda de la historia literaria. Prensas en la sala, taller de encuadernación en la cocina, ayudantes que van y vienen, paquetes que el éxito multiplica. Una amiga conecta a los Woolf con un médico vienés exiliado en Londres. La pequeña editorial publica sus caudalosas *Obras completas,* traducidas por primera vez al inglés. Confieso que ignoro si Virginia Woolf las leyó o siguió de largo, al parecer poco interesada —o temerosa— de las revolucionarias teorías de Sigmund Freud. Como editora, se toma tiempo para leer *todos* los originales de autores noveles. Por eso en una breve nota póstuma dice: "Los jóvenes escritores podrán arreglárselas sin mí". Los lectores seguiremos considerándola imprescindible. Nos pondremos sus libros sobre la cabeza en señal de respeto, como hacen algunos personajes de *El Quijote*.

Paradojas del siglo: sus cuartos y sus casas desaparecieron durante los bombardeos de una de las más atroces guerras de la historia. No hay *santuario* de Virginia Woolf, lugar de peregrinación, a menudo reconstruido, como el que tienen tantas celebridades en ese continente celoso de sus *prohombres*. ¿Será porque Virginia Woolf no alcanzó la estatura de *promujer*? Por fortuna, circula ahora por el mundo un monumento cinematográfico: *Orlando,* en el que la directora Sally Potter recrea verazmente el clima literario y la fantasía peculiar de la autora en imágenes bellísimas, fruto de una cultura digna de Virginia Woolf... la película se parece a un gran fresco animado del Museo del Prado.

Es difícil para un lego, en esta época de tiempo encogido, recorrer íntegramente la obra de Virginia Woolf, pero diría que basta con asomarse a sus márgenes y espigar, aunque más no sea, los textos breves, en una especie de sobresalto de descubrimientos. Durante toda su vida acometió la tarea de reseñar libros y enviar notas a los diarios. La primera que le aceptaron, y que publicó sin firma en 1904 es, significativamente, la crónica de su peregrinaje a Haworth, las desoladas *cumbres borrascosas* de Emily Brontë. Y después, un semillero inagotable de observaciones, un punto de vista original, *moderno*: la agudeza del clásico que resiste al envejecimiento.

Personaje sedentario, caminadora de Londres o de sendas campestres, encadenada a sus papeles, amenazada por la locura, amiga de pocos y a la vez mundana, conversadora, curiosísima, fascinó a Victoria Ocampo, nuestra ilustre *cholula,* que nos permite entrever su personalidad, más acá de la obra. Lástima que en su libro *Diario de una escritora,* donde Victoria promete retratar a Virginia Woolf a pedido de una amiga que la desconoce, se va por las ramas de las digresiones, rellena el libro con denuestos contra otros escritores que sí se marchitaron irremisiblemente y nos deja con ganas de saber más de esa dama inglesa, modelo de honradez intelectual, una de *las pocas sabias que en el mundo han sido.*

Virginia Woolf pacta un matrimonio de por vida con un intelectual judío, comprensivo y protector, cuyo apellido adopta. Ambos comulgan con las ideas progresistas de la época, un socialismo ideal que los impulsa a concurrir a mitines y redactar panfletos. Mucha tinta se ha vertido sobre este marido modelo, que al parecer sobrellevó sin desmayo las angustias de su compañera, le inventó *terapias ocupacionales* y sobre todo supo abrirle las puertas para ir a escribir. "No creo que dos personas hayan sido jamás tan felices como nosotros", le escribe Virginia a Leonard Woolf en su despedida, antes de marchar hacia el río de la muerte, clavar su caña de pescar en la orilla, llenarse los bolsillos de piedras. Una tragedia borroneada por la tragedia mayúscula de la guerra. 1941. Poco antes, un escueto borrador de testamento: "Dios sabe bien que he cumplido con mi deber, con la pluma y la tinta, ante la raza humana".

Clarín, 1993

¡Felices Christmas, hermanas y hermanos de la patria!

MUCHOS COMERÁN COMO TERMITAS, otros los mirarán comer. Así sucedía en las antiguas monarquías: cuando a uno lo invitaban a palacio, llamárase Mozart o Pérez, tenía el privilegio de ver cómo los reyes comían, después le daban algo en la cocina. Pero el sujeto se pavoneaba diciendo: los reyes me invitaron a comer, y era cierto. Así fue como el pobre Hans Cristian Andersen realizó su sueño de ser invitado a tomar chocolate con la reina de Dinamarca: le hizo una gran reverencia y se sentó en una banqueta a verla chocolatear.

Algo parecido sigue sucediendo en los banquetes de Nochebuena y Navidad. Pasaré por alto el hecho de que deglutamos comidas invernales y estemos obligados a compartirlas con los cuñados. Hace generaciones que nos quejamos de eso, pero la queja no pasa de ahí. Hoy comamos y bebamos, como dice la canción, y nuestro buen deseo será que los jubilados no se empachen.

También nos mirarán comer vidrieras —con sus vidrios— y atiborrarnos de toda especie de cachivaches "navideños", oferta que últimamente adolece de una obscena monotonía y ningún significado, pero cada vez "vende más".

Seamos consumistas, si podemos, a fecha fija, sin tener ya la más remota idea de qué es lo que festejamos. Para los creyentes, éste es el milagro más profundo, nada menos que el origen de una religión: el nacimiento del Mesías, algo que nos reafirma en el tronco judeocristiano —partido por el eje, pero tronco al fin. Para los no creyentes es uno de los mitos más bellos y perdurables. Para los artistas, incesante fuente de inspiración. Bastaría recordar el *Oratorio de Navidad* de Juan Sebastián Bach, para poner en fuga a toda la música de pacotilla.

Un muy selecto grupo de personas hemos fundado para esta ocasión un club exclusivo: el *Vomit Resort*. No vamos a comer sino a vomitar. La náusea nos llega a las orejas y viene de lejos, de décadas atrás, nos la traen todos los vientos, canales de TV, revistas, almanaques, tarjetas y reproductores de sonido. Los destacados miembros del *Resort* no vamos a devolver comida, sino una catarata de basura, léase: las notas del *Jingle Bells,* los trineos en la nieve, la nieve de algodón, los Papá Noel, los renos, las bolas brillantes, los abetos con luces intermitentes, las campanitas, los pinos de plástico plateado (nieve incluida), las coronas de acebo, los moños dorados, los electrodomésticos envueltos en papel *ad hoc* y el papel *ad hoc,* la palabra *Christmas* verbal o escrita, los moños, las guirnaldas y, sobre todo, a Macaulay Caulkin. Vamos a vomitar toda la nieve que nos han mandado en tarjetas y películas, todos los fríos de órdago y de muérdago que nada tienen que ver con nosotros, los buscapiés y los rompeportones, los repasadores oro, verde y grana, los saludos en inglés y las gansadas alusivas. Vamos a vomitar hasta las entretelas, vamos a vaciar el archivo hasta la última pelusa de nieve artificial y el postrer pelo de la barba de Santa Claus.

¿Algún alma bondadosa podría explicarme qué tiene que ver todo este rejunte invernal de obscena mercadería con el festejo de la Navidad en un país que publica a diestra y siniestra que es católico apostólico y romano? ¿Alguna persona culta podría explicarme por qué nos sometemos a este carnaval sin chistar? Yo también soy culta, les garanto: sé muy bien que Platón incendió Roma y que una pinacoteca es un monte de pinos. Y ya me contaron los intríngulis paganos, célticos, nórdicos, que convergen en esta ocasión. Y nosotros, en pleno verano caliente, ¿qué culpa tenemos? Quizás una sola, pero gravísima: la falta de imaginación, esa que nos impide inventar algo distinto de este comercio uniforme, o exhumar, recicladas como sean, nuestras tradiciones de imaginería, tallas, cantos y representaciones. Virtudes de la Iglesia romana son su colorido y su carencia de severidades iconoclastas. Desde el arte, las artesanías y la costumbre hemos representado los cuerpos, dramatizado las escenas y cantado las coplas. La austeridad de la Reforma transformó a San Nicolás de Bari en un viejito tan buenudo como profano, tan neutro como abrigado para soportar el invierno europeo.

¿Y quiere alguien explicarme por qué, en una fiesta de la infancia (nace un Niño y sospechamos que María era poco más que una niña) el símbolo excluyente ha pasado a ser un anciano disfrazado, enteramente cocoliche en nuestro acalorado mes de diciembre? ¿Queremos suprimir al Niño, integrando la patota de Herodes? La Sagrada Familia, como en su origen, huye y se refugia donde puede. Está en la cola de los deportados, y se ampara en los rincones de las iglesias. Algunas monjas creativas organizan pesebres vivientes criollos, con perros y gallinas a falta de animales de mayor bulto.

El primero (y último) gesto divertido en esta materia lo cometió San Francisco de Asís, allá por 1223. "En una gruta cercana al bosque, preparó escenas minúsculas que reproducían la llegada del Señor y que hoy conocemos con el nombre de Nacimiento o Pesebre: el Niño Dios, el burro, el buey y los pastores. En los últimos años ha perturbado la pureza de esta recordación cristiana el extraño árbol de Navidad que nada dice con respecto a la fiesta misma y se trata en cambio de un renacido culto idolátrico, que sólo la moda ha conseguido imponer. No menos extraño es el famoso Papá Noel bajando por la chimenea con bolsas repletas de juguetes." Extraigo estos datos de la obra de mi siempre oportuno y enciclopédico amigo el profesor Félix Coluccio.

No insistamos en denigrar el comercio navideño porque los inversores extranjeros pueden asustarse y seguir no viniendo, y porque a la gente le importa un reverendo pepino. Me parece escuchar el comentario: *¡Bruja, amargada, comunista, periodista, subversiva!*

Como quieran, pero lo cierto es que formo parte de ese club que necesita piso, tierra bajo los pies, señales que nos permitan entender que aquí nacimos y vivimos, y que la escenografía que nos imponen, cada vez con mayor prepotencia, acabará volviéndonos idiotas o locos de atar. Tenemos nostalgia, no de tiempos pasados que fueron mejores sólo porque éramos más jóvenes, tenemos nostalgia de reconocer algo propio. Nos da asco ser ciudadanos de Disneyworld, nos resistimos a ser despojados de lo poco o mucho que supimos conseguir.

Martina Navratilova (ídola), en su conferencia de prensa, en lugar de contestar una pregunta preguntó: "¿Quién puso esa música? *¿Eso,* en la tierra del tango?". Y al día siguiente entró en la cancha al compás de "La Cumparsita". Quería saber dónde estaba, y nos dio un tirón de orejas que merecería nuestra gratitud. ¿Alguna vez se hará esa pregunta un compatriota?

Para muchos, parte de esa Pachamama donde nacimos es la tradición cristiana, y según se dice, mayoritariamente católica. Quizás, aunque hayamos desertado, el catecismo nos grabó algunas estampitas y una marca de pertenencia. Los fieles de distintos credos y los infieles a secas hemos convivido y compartido respetuosamente nuestras tradiciones inmigratorias. Esta tergiversación de la Navidad no supone una lucha entre creencias, como las tan terribles que se desatan hoy mismo en el mundo. Y no lo es, no porque seamos buenitos, sino sencillamente porque esta celebración ha sido expurgada de todo sentido religioso, o espiritual, o estético.

El precio que pagamos por tanta chafalonía, por tan frívola derrota de nuestra cultura, es un pasaporte al exilio dentro de las propias fronteras. Estamos perdidos, pero carecemos de la sabiduría de los hermanitos jujeños, Ramira y Diego Quispe, que supieron sobrevivir y reencontrar el camino a casa.

Clarín, 23 de diciembre de 1994

Escribir en la Argentina

EN SU LIBRO *Las metáforas del fracaso,* Graciela Scheines ironiza: "Los argentinos somos escritos", aludiendo a nuestra pasión por comentarnos en letra impresa, inundarnos de sesudas disquisiciones sobre problemas sempiternos. Esta verdad no contradice la existencia de otro país, el oral, que se expresa también abundantemente en los medios de difusión, reportajes, talleres literarios y hasta en los muy concurridos divanes de los psicoanalistas. He prometido ofrecer aquí una conversación informal, que esquiva el compromiso de lo escrito, y cuyas conclusiones, si hacen falta, dependerán en buena medida de la colaboración del público, ya que es escasa mi afición por el monólogo.

A modo de señas de identidad, aclaro que vengo de los arrabales de las letras, que de ellas elegí las canciones, la literatura infantil, el espectáculo, incluidos los libretos de TV, todas formas de contacto directo con el público, una audiencia, si no masiva, tampoco excesivamente minoritaria, y que existe gracias a un determinado *nivel cultural* de nuestro país. Si estas dos palabras juntas nos asustan, digamos que hay entre nosotros bastante gente *curiosa* y *ávida*.

Cuando el Capitán Marlowe de Joseph Conrad vuelve del corazón de las tinieblas y va a reconfortarse en Londres al hogar de una tía que lo colma de mimos, dice: "No era mi cuerpo el que necesitaba cuidados, era mi imaginación la que necesitaba consuelo". Creo que nuestra imaginación, aún después de diez años de democracia, no tiene consuelo. Sucedieron cosas que superaban la imaginación mientras sucedían y después, transformadas en recuerdo. La imaginación y la memoria están demasiado hermanadas como para superar una o la otra, los tormentos de la represión y el olvido obligatorio.

Después de una dictadura terrible, la mayor del siglo desde que empezamos la serie en 1930, la vuelta a las formas democráticas es drásticamente beneficiosa, pero a pesar de eso, creo que seguimos escuchando, aunque con leves variantes, siempre el mismo discurso conservador. Aquella imaginación suprimida no se recobra por arte de magia y las viejas mañas se las arreglan para recuperar la escena como la maleza. Por supuesto, hay una enorme diferencia entre aquellas órdenes castrenses, aquella retórica del ladrido y el ocultamiento, y el tono de los actuales políticos. Pero detrás de ambos persiste una especie de hilo rector (¿el que mueve las marionetas?), que es la prédica parroquial, de corte franquista, de nuestro clero católico. Es el más retrógrado y vergonzante de América, cómplice de las peores ignominias. Durante la dictadura sólo hubo cuatro obispos disidentes, uno de ellos asesinado. Me detengo en la jerarquía eclesiástica porque ella también forma parte de nuestra clase intelectual y nosotros, el pueblo argentino, hemos financiado sus venerables carreras y buena parte de ese pueblo, como es natural, atiende y obedece a sus mandatos y sus sinuosos mensajes.

Este prolongado discurso parroquial y castrense ha envilecido el lenguaje. La patria de un escritor es su idioma, claro, y privilegio mayor es haber nacido en un punto geográfico que produjo grandes maestros de la lengua, desde Sarmiento hasta Atahualpa Yupanqui. Pero después de tal envilecimiento nos cuesta mucho reconstituir tanto nuestra lengua oral como nuestra experiencia literaria. La democracia nos ha dado —mejor dicho, a ella le he-

mos arrancado— una gran libertad de expresión, pero la monotonía del trasfondo conservador, timorato, creo que no nos permitió todavía acceder a la libertad mental, la que inventa, cambia
y desafía.

Propongo dejar en el aire algunas preguntas, ya que ustedes
acostumbran no interrumpir y postergar el comentario hasta el
final.

No era posible instrumentar un plan criminal organizado sin
apoyarlo en un discurso mesiánico. Pasamos luego a la arenga
política, menos mesiánica pero infestada de viejas retóricas y temerosa tanto de la sencillez como de la verdad. Sobrevivimos a
algunos capítulos de nuestra democracia que llegaron a un final
feliz, pero cuyo tratamiento, si lo miramos con humor —que buena falta nos hace— es desopilante. Alrededor de 1986 se debatió
en el Congreso la ley de divorcio, que no existía en la Argentina.
En eso nos igualábamos con Irlanda, la República de Malta y algún otro país occidental de cuyo nombre no puedo acordarme.
Lo curioso, continuando con el tema del lenguaje, es que ese debate se dio en términos teológicos, pese a que se trataba de una
ley civil. Gracias a la TV asistimos absortos a interminables sesiones en las que nuestros representantes exhibían sin pudor su insólita versación en los padres de la Iglesia. La ley civil tuvo que
esperar que se agotaran los argumentos adversos de San Agustín,
San Crisóstomo, Santo Tomás y otras santas intoxicaciones.

En este discurso monótono siguen existiendo algunos vacíos,
encubrimientos y olvidos sospechosos. Recuerdo un ensayo de
Toni Morrison —*Playing in the Dark*— donde habla de la ausencia del negro en la literatura norteamericana del siglo pasado. No
hay nadie "de color", ni siquiera para abrir la puerta. Vieja fórmula mágica: lo que no se nombra no existe. En nuestra vida intelectual sigue habiendo un vacío, falta una presencia que no pudo organizarse por razones obvias, la primera de ellas el miedo.
Me refiero a la óptica feminista. Se nota su falta y creo que los
intentos de remediarla llegan tarde. Necesitaremos de mucha

imaginación y conciencia de lo propio, ya que toda la inspiración que podíamos extraer de los movimientos feministas occidentales lo hicimos bastante de contrabando y bajo una rigurosa vigilancia.

Quiero referirme a ciertos márgenes, ciertos arrabales de las letras que han florecido en la democracia. Hay una expresión muy importante, que quizá todavía no entró —o entra muy lentamente— en la estimación canónica. Es la de nuestros humoristas. La Argentina es uno de los pocos países en cuyos diarios y revistas se publica infaltablemente un chiste ingenioso, bien escrito. A menudo se refieren a la actualidad política, donde en una frase se condensa mucho más que en un discurso. El chiste con méritos literarios propios es algo que nos identifica especialmente. Uno de los medios que mejor nos ayudaron a recobrar la respiración del aire democrático fue la revista *Humor*. La novela por entregas-comic *Inodoro Pereyra*, de Roberto Fontanarrosa es una admirable síntesis de todas las parodias posibles sobre nuestras modas literarias, y la historia patria que ha ido desarrollando *Mafalda*, de Quino, no se cansa de dar la vuelta al mundo.

Otro género quizá poco estimado pero sí celebrado por el público es el de la literatura para niños. Fue especialmente observado y castigado durante la dictadura. Era imposible difundir escritos, propios o ajenos, que de alguna manera contradijeran la doctrina de la Iglesia, el *sentido de familia, la tradición occidental y cristiana,* etc. Me resulta inevitable ilustrarlo con un recuerdo personal. Un cuento que incluí en un libro fue severamente cuestionado, un crítico servicial de la Marina pidió la confiscación del libro porque el cuento estaba inspirado en la doctrina darwinista. Estoy hablando del siglo XX.

En los primeros meses de la democracia, una editorial me ofreció dirigir una enciclopedia infantil en la que precisamente queríamos retomar nuestra tradición laica, liberal, universalista. Se convocó a mucha gente: redactores, docentes, ilustradores. Observé que algunos dibujantes, a pesar de su talento y su oficio, no conseguían *poner de pie* la figura humana. Su visión estaba distorsionada, víctima de una rara amnesia. Sucede que uno había estado preso ocho años otro, exiliado, había trabajado como taxista; el de más allá, dedicado a dibujar telas estampadas. Todo lo reproducían bien, excepto la figura humana, que les salía medio monstruosa. Había como una personificación de gente desaparecida, un anacronismo que los obligaba a reproducir personajes detenidos en el tiempo, amenazados por un deterioro extraño, o vistos a través de espejos deformantes.

Muchos autores habían seguido escribiendo, pero conservaron sus cuentos en un cajón hasta que amaneciera, es decir, hasta que no se arriesgaran a la censura y por otra parte se abrieran las compuertas de la producción editorial. Todos habíamos incorporado una serie de estereotipos intemporales y un lenguaje temeroso, como si viniéramos exactamente de donde veníamos, de un paréntesis prolongado, de ese corazón de las tinieblas que nos había impedido ver y por lo tanto transcribir la realidad, o nos limitábamos a describir la realidad de nuestros mayores. Costaba mucho conseguir que un ilustrador representara a una abuela jugando al tenis o conduciendo un coche: la seguía viendo con camafeo, rodete y tejido, sentada en una mecedora, plácida imagen de nuestras bisabuelas de clase media.

En democracia se produjo un gran florecimiento de la literatura infantil, con diversas características, que grandes y pequeñas editoriales absorbieron sin imponer temas ni estilos. Los autores se atrevieron con las jergas cotidianas o regionales y revisaron el petrificado concepto de *familia* encuadrándolo en la cambiante realidad.

Sucedió otro singular fenómeno de transición con nuestro lenguaje. Fue necesaria una guerra —la de las Malvinas— para que los medios de difusión se rebelaran contra la lengua del enemigo y recuperaran la propia. Había obligación de difundir solamente canciones en castellano. De más está decir que antes se escuchaba, igual que ahora, el repertorio anglonorteamericano de manera excluyente. Fue una experiencia única, desconocida. No sólo descubrimos ritmos y tonos de los otros países de Iberoamérica, sino que la obligada promoción dio lugar también —no sé si para bien o para mal— a un rico florecimiento del género llamado *rock nacional*. Terminó la guerra, nos rendimos, pero a condición de que la fotografía no registrara el vergonzoso acontecimiento. Otra vez la fórmula mágica: *no se ve, por lo tanto no existe, nunca sucedió*. La publicidad abusa de palabras en inglés y es casi patético ver que en la modesta tiendita del barrio, a la hora sagrada de la siesta, pende el cartel *We're closed*.

Entre las modas que vamos aceptando, entre las tradiciones que reemplazan a las pocas que manteníamos, hay una francamente sospechosa, pero que al parecer nadie se preocupa por cuestionar, o simplemente averiguar de qué se trata. Es la celebración de la Fiesta de las Brujas, o Halloween. Esta nueva fiesta empezó en las escuelas privadas de enseñanza bilingüe, y yo me permití indagar qué explicación se les daba a los chicos. "Es la siguiente: En Inglaterra, hace varios siglos, se producían muchos asesinatos, había gente que moría de manera violenta e injusta. Entonces las almas en pena de esos muertos, sus fantasmas, se aparecían... etc.". Algo totalmente ajeno a nosotros, que somos *derechos y humanos,* según un eslogan de la dictadura. De modo que en la apropiación de cierto folklore ajeno aparecen significados profundos que, por el momento, nos resistimos a indagar.

Cito el tema de Halloween porque es una de las tantas maneras festivas de banalizar un tema desdichadamente protagónico en nuestra cultura.

La tan mentada aldea global nos impone otra lengua, y ojalá la estudiáramos en todo su esplendor y no por frívolos retazos. La paulatina transformación en país importador trae aparejados otros males. Estamos conociendo la literatura extranjera a través de traducciones españolas que son obras maestras del horror, indispensables para seguir ignorando el idioma original y desaprender el propio. Los poetas que imitan a Ezra Pound o Williams Carlos según estas traducciones dan ganas de llorar.

Queda algún otro tema generalmente soslayado, y es el de la relación entre las artes y el dinero, la retribución del intelectual o del artista. Durante la dictadura hubo mucho lucro cesante, gente imposibilitada de trabajar u obligada a exiliarse, pero el gobierno democrático siguiente y sin duda los que le seguirán, a pesar de algunas buenas intenciones, ignoran qué es o para qué sirve la cultura. No es que no les importe, sino que no saben de qué se trata; sólo tienen alguna idea remota de que consiste en ir al Teatro Colón, asistir (o dar) alguna conferencia, patrocinar una publicación equis o producir grandes recitales populares al aire libre, en los que se maltratan tanto los oídos como el césped de los parques. Ignoran lo principal: la dignidad de vida de la persona que trabaja en la cultura, desde el maestro hasta el célebre compositor.

A propósito de esto quiero contarles —o que nos contemos— algunas virtudes de nuestro país, a menudo nubladas por tanto conflicto o por nuestra empecinada autocrítica. Contamos con importantes sociedades de autores, fundadas gracias a leyes muy avanzadas en la materia, que datan de varias décadas. Defienden el derecho de autor, esa propiedad intelectual que tanto respeta este país, los Estados Unidos, que ya no nos manda embajadores sino virreyes para extraernos una ley de patentes que no se corresponde con el respeto a la propiedad intelectual de obras extranjeras, a menudo pasado por alto en estos pagos. Los que trabajamos con el lenguaje seguimos teniendo fuentes de inspiración, todavía no demasiado dañadas por el aluvión de la jerga planetaria, si prestamos oídos al ingenio y la puntería con que se expresa nuestro pueblo. Las napas no ilustradas —o mejor dicho, ilustradas a su manera poco docta— parecen haber salido indemnes de la influencia del discurso pervertido, se expresan vivazmente, con una rica sencillez. Hay mucha rebelión verbal, a la que asistimos personalmente o por la liberada pantalla de la TV,

mucha protesta barrial o sindical. Suele suceder que gente casi
iletrada nos dé cátedra sobre el uso de la lengua. Hemos sido un
país con muy baja tasa de analfabetismo, con una escuela pública excelente que se está deteriorando y que deberemos recuperar a corto término.

No quiero terminar este breve panorama sin referirme un poco a algo que nunca dejo de tener en cuenta: el aquí y ahora.
Aquí, en la Universidad de Maryland, me siento como desembar-
cada en Marte, o como una marciana transplantada. Aquí, en College Park, el saber ocupa mucho lugar, enormes espacios impecables. Extraña galaxia: me parece imposible que pueda existir
una comunidad estudiantil que no cometa graffitis en las paredes
o las empapele con el Che Guevara, que tire la basura al cesto y
devuelva un libro más nuevo que antes del préstamo. Quiero terminar transmitiéndoles mi extrañeza por haber vuelto aquí después de muchas décadas, cuando se viajaba en diligencia y en alguna de estas aulas enseñaba el ilustre Juan Ramón Jiménez. Gracias por permitirme irrumpir en este Disneyworld tan aséptico como académico.

Charla en la Universidad de Maryland, abril de 1994

Peregrinaciones alemanas

KASSEL

Había una vez un tranvía celeste que llevaba hasta el mismísimo corazón de los cuentos: el bosque. Para el maltrecho cuerpo tercermundista no puede existir magia más rotunda: ser *transportado* en una obra maestra del diseño, toda ventanal, sin escapes ni ruidos contaminantes, a sensata velocidad, y detenerse en una parada en medio de la arboleda: un castillito de guardabosques, donde el conductor baja plácidamente para tomar un café, donde no hay bruja ni demonio que arroje una pelusa fuera del cesto. El impiadoso reloj marcará la hora exacta del regreso, y la oruga azul se deslizará de regreso a la ciudad de alegres cervecerías y torres doradas.

Este país, formidable productor de metales para la guerra, las sabe emplear ahora para la vida. ¡Clac!, cantan los picaportes, ¡Trac!, entonan los cerrojos impecables de puertas que siempre cierran, ¡Zimmm!, los cajones sobre rieles: mecánicas, encuadradas, aceitadas, tranquilizadoras. Kassel es famosa por su industria pesada, pero sobre todo por su Documenta, una mega muestra quinquenal de arte moderno, destinada a albergar y reivindicar obras semejantes a las que alguna vez los nazis, con su habitual sutileza, denominaron *arte degenerado*.

Kassel tiene su plazoleta de los hermanos Grimm, con una estatua realizada quizás en tiempos de reajuste: el bronce no alcanzó más que para plasmar a un par de enanitos de librea. También está la previsible y encantadora taberna, ilustrada con sus retratos y personajes de los cuentos. Kassel, como buena parte de Alemania, fue destruida durante la última guerra, y reconstruida ladrillo por ladrillo. Así se ha convertido un palacete en casa de los hermanos Grimm, con sus muebles y sus papeles. Allí la actriz Annie Keye ha personificado durante años a Dorothea Viehmann para contar a los niños las espeluznantes y magistrales fábulas.

El símbolo de la ciudad, sin embargo, no es el de estos intelectuales ejemplares que los niños tienen por autores de los cuentos. El símbolo es una gigantesca estatua de Hércules, para la que sí se despilfarró el bronce y la piedra, alzada sobre un castillo que corona una elevada montaña (en 1811, el bibliotecario Jacob Grimm salvó de un incendio la biblioteca del castillo). Cascadas, juegos de agua, riachos artificiales aderezan el bosque, donde nadie osaría dejar caer un fósforo. Kassel tiene el encanto de algunos pueblos serranos: canteros multicolores y atardeceres de verano amenizados por una voz de calandria domesticada. Quedémonos con ella y abstengámonos de encender la radio: la materia musical es tan monótona que uno se creería en un país de sordos. Se evocan con nostalgia las inapreciables Radio Clásica y FM Tango. La ecología, tan prolijamente cultivada en esta tierra, no ha llegado a suavizar la contaminación auditiva de radios e hilos musicales. Todo Occidente está impregnado de ese masacote sonoro, uniforme, del que sobresalen, por fortuna, algunas brillantes excepciones. La buena música, clásica o popular, se encierra en los conciertos, pero el *aire* está saturado de estas melopeas industriales emitidas de manera planetaria. ¿Qué otros productos de la cultura podemos compartir los terráqueos, separados por las lenguas, el tiempo, las guerras, las catástrofes, las distancias? ¿Cuáles son nuestros códigos comunes, las obras consideradas todavía patrimonio universal?

Una entre tantas, los cuentos de Grimm. La humanidad no olvida a Pulgarcito, Hansel y Gretel, Caperucita Roja, Blancanieves, La Cenicienta. Las fábulas se reeditan sin cesar, se reescriben, se filman y teatralizan. La primera edición de los *Cuentos infantiles y del hogar* apareció en Berlín, en la Navidad de 1812, y suscitó algunas críticas escandalizadas por sus características horripilantes, tal como sigue sucediendo hoy, pese a la absolución de Bruno Bettelheim en cuanto a los perjuicios psicológicos. De sus méritos literarios, a menudo tenemos que repetir machaconamente que son obras de una maestría indiscutible, colección de mitos de origen medioeval u oriental, herencia preciosa que trasciende escuelas y modas.

Los Grimm tuvieron el arte de transcribirlas en un refinado estilo, sin traicionar la frescura de la lengua oral, algo que ya había realizado genialmente Charles Perrault. Los Grimm no necesitaron del tranvía azul, ni del caballo para ir por montes y valles en busca de los narradores de cuentos, como debió hacer Juan Alfonso Carrizo, colector de nuestro folklore en inolvidables y monumentales *cancioneros*. Esos narradores —la mayoría mujeres— estaban en Kassel y pertenecían a familias de cierto nivel cultural. Algunos eran descendientes de hugonotes (cristianos reformistas expulsados de Francia) y por lo tanto herederos de la lengua francesa. Los Grimm no fueron al bosque en busca de los cuentos: los invitaron a su casa.

En el mercado conocieron a la señora Dorotea Viehmann, la mujer del sastre, y con el pretexto de que les llevara la mercadería a domicilio, la invitaron a contar cuentos, premiándola con una taza de café con cucharita de plata. De pequeña, Dorotea había sido la *animadora* de la posada de sus padres, a la vera del camino. La niña era una verdadera enciclopedia oral de fábulas, que soldados y mercaderes escuchaban fascinados y a veces agradecían con una moneda de oro. Era ya una anciana cuando Jacob y Wilhem la encontraron, y desde entonces, día tras día, les contaba cuentos que ellos se turnaban para escribir con una gorda pluma de ganso. Dijeron a todo el mundo que, de los muchos narradores convocados, ella había sido la mejor. Su único retrato fue grabado por un tercer hermano Grimm, Ludwig, talentoso pintor e ilustrador de numerosos personajes y escenas de su tiempo.

Los hermanos Grimm contribuyeron a fundar la filología alemana y la ciencia del *folklore;* pensaban, como buenos hijos del romanticismo, que la verdadera poesía manaba de las tradiciones populares. No sólo investigaron los mitos; también fueron estudiosos de Derecho e Historia. Se sublevaron con los profesores de Göttingen, a favor de la antigua constitución, y fueron destituidos y exiliados. Sus estudios lingüísticos contribuyeron a la unidad de Alemania, y fueron protagonistas y víctimas de los vaivenes políticos. En 1848, Jacob fue nombrado diputado de la asamblea legislativa del primer parlamento nacional, y encabezó su Constitución en estos términos: "El alemán es un pueblo de individuos libres, no tolera la esclavitud, y devuelve la libertad al extranjero esclavizado que pisa su suelo".

Y colorín colorado...

BERLÍN

Es inútil que uno diga que va a Berlín sólo para conocer a Nefertiti. El primer comedido lo llevará casi por la fuerza al lugar actual de peregrinación: la Puerta de Brandeburgo. En los alrededores, centenares de ómnibus han desparramado a millares de turistas, nativos o extranjeros, que se desplazan por ese extraño páramo donde estuvo el Muro. Mezcla de cementerio y bazar persa, de donde parten infinidad de trocitos de muro a todo el mundo, convertidos en souvenirs. Toscas cruces de madera cubiertas de nombres manuscritos recuerdan a los que cayeron cuando intentaban pasar esa frontera, fruto de la más burda de las fantasías. De un lado, la proximidad del Reichstag, convertido en museo; del otro, los sombríos y monumentales edificios se confunden en la memoria, y es difícil concebir que en el mismo siglo convivieran nazismo y comunismo, que hayamos sido sus lejanos y horrorizados testigos. Filas de tenderetes de cuentapropistas, muchos de ellos turcos, donde se vende grotesca mercadería: banderas con la hoz y el martillo, casacas e insignias del ejército rojo, todo mezclado con las repetidas baratijas internacionales. El paisaje necesitaría de voces que lo explicaran, pero es raro el alemán que hable otro idioma; algún joven farfulla en inglés una crónica apasionada sobre la fealdad del lado oriental. Gente mayor, reflexiva y políglota, asume que la ausencia del Muro crea problemas que requerirán de una gran imaginación y no sólo de inyecciones de dinero. La frontera entre dos culturas sigue existiendo, mientras los tilos de la famosa avenida desilusionan con su aire mustio, y lo único que uno atina a preguntarse es: ¿para qué se sacrificó a tanta gente?

No hemos peregrinado para ver esto. Es una reina la que nos convoca a Berlín, una vieja amiga fascinante, una imagen que los humanos compartimos por encima de los siglos y las tragedias. Hace poco vimos una réplica posmoderna en piedra dura de San Luis. La hemos reconocido desfigurada en láminas o tapas de cuaderno, en telas estampadas o clips de Michael Jackson. Nos resulta casi tan familiar como la Gioconda en las latas de dulce. Se llama Nefertiti, y su cabeza inigualable está bien y vive en Berlín. El Museo Egipcio es un santuario en penumbras, y allí palpita ella, en una caja de cristal, la estatuilla de la mujer que reinó en Egipto 14 siglos antes de Cristo.

Las paredes del museo son negras, y la penumbra sirve para no ofender la policromía de ese busto extrañamente vivo, de piel canela: un ojo perdido en el embate de los saqueos y las mudanzas, el otro azul, misterioso y vivaz; ambos delineados por exquisitos expertos en cosmética. Quizá sorprende el tamaño, menor que el natural, los huesos frágiles y perfectos sosteniendo la alta toca cónica turquesa y amarilla. El escultor Toutmés insufló vida eterna a esa cabeza delicada, cuya caja de cristal permite contemplar su perfección desde todos los ángulos. El museo alberga otras obras en una casa antigua, el público puede acudir exclusivamente para verla, con gran recogimiento, no perturbado por hilos musicales, y se limita a mirar y hablar en voz baja. En la oscuridad, unos fantasmas sombríos parecen en actitud de rezo: son monjas. Es tan conmovedor el realismo *mágico* de la cabeza que uno puede oírla murmurar una plegaria o una admonición. Por algo, al regresar, Olga Orozco nos pregunta a boca de jarro:

—¿Y qué te dijo Nefertiti?

Me miró sabiamente con su único ojo, mientras oteaba a la vez el horizonte y el tiempo, y recitaba en silencio los versos de Keats: "La belleza es verdad, y la verdad, belleza. Eso es todo lo que sabes en este mundo, y todo lo que necesitas saber".

LEIPZIG

Una pensó ingenuamente que al llegar sería recibida por una referencia cualquiera a Juan Sebastián Bach, pero no; por doquier se indica que ésta es la ciudad de la Feria, y es sin duda así desde remotos tiempos. Un clima tosco y severo, aunque jamás apartado de la inalterable gentileza germana, señala que estamos en plena zona oriental: fábricas cerradas, casas abandonadas, un bajorrelieve de atroz realismo socialista estampa un Lenin de bronce en el frente de la Universidad. Están cerradas por vacaciones la célebre Gewandhaus y la Opera, y en los folletos turísticos la oferta es variopinta, rica en lugares nocturnos donde se desnuda la *movida* poscomunista. Muy escondida, una línea alude a la Iglesia de Santo Tomás, que ha sido reconstruida y cuyo órgano no es el mismo en el que también tocaron Mozart y Liszt. Enfrente está el Museo Bach, su archivo con algunas partituras y un patio lleno de estudiantes en vacaciones, donde también se escucha un órgano, pero con ritmo de rock.

Ante el altar, una gran lápida cubierta de flores con el nombre de Johann Sebastian Bach. En 1950, dos siglos después de su muerte, mereció el honor de ser trasladado del cementerio al sitio reservado a los santos y los reyes, que bastante tuvo de ambos. En esta iglesia, Félix Mendelsohnn dirigió en 1841 *La Pasión según San Mateo* y contribuyó a restaurar la justicia póstuma para un músico olvidado o superado por la fama de sus hijos.

En esta ciudad de Leipzig vivió Bach sus últimos veinte años y compuso buena parte de su obra, batallando con alumnos y coreutas, luchando contra la burocracia, produciendo una cantata por semana para abastecer los servicios de cuatro iglesias. De pocas celebridades del siglo XVII se cuentan, en la pequeña chismografía, que fueran capaces de arrojarle la peluca (sin duda bastante pesada) a algún contrincante, en un rapto de justa indignación. De personalidad poco complaciente, el robusto maestro obligado, como todos, a componer por encargo, parece haber estado en permanente conflicto con las autoridades musicales de su época. Es probable que el público de la ciudad no siempre entendiera la majestuosa matemática barroca de sus obras, pero también es cierto que, contra viento y marea, le permitió vivir y crear *para gloria de Dios y alegría de los hombres.*

Después de contemplar su estatua, también erigida por iniciativa de Mendelsohnn, vale la pena desandar el camino y el tiempo y volver a Kassel (¿a pie, como recorría Bach distancias de hasta 300 kilómetros?), siguiendo la descripción de su mujer Ana Magdalena Bach: En 1732 fue invitado Sebastian a ir a Kessel para probar el órgano, que acababa de ser sometido a reparaciones que habían durado dos años. A ese viaje me llevó con él, y el Ayuntamiento de la ciudad nos recibió con amabilidad extraordinaria. Le dieron a Sebastian cincuenta táleros por probar el órgano, y otros veintiséis para gastos de viaje. También nos pagaron los del alojamiento a todo lujo y con un criado al servicio exclusivo de Sebastian. Esos días fueron para mí las vacaciones más encantadoras y felices. Olvidé las preocupaciones y los trabajos de mi hogar, llevé mis dos mejores trajes, uno de color oscuro y azul el otro, fui a todas partes con mi esposo, presencié todos los honores que le prodigaron, le oí tocar en varios órganos, admiré la hermosa ciudad con sus vistas maravillosas y, como Sebastian me dijo sonriendo, tuve la sensación de que éramos recién casados, a pesar de que ya llevábamos once años de matrimonio".

Los cuentos de Grimm, el busto de Nefertiti, la obra de Bach, tres pilares de la cultura que Alemania preserva y los humanos heredamos y que bien valen la peregrinación. Estas glorias del pasado nos obligarían a ser injustos con la Alemania contemporánea, de la que sólo parecemos extraer inquietudes más que fundadas. Por eso querría rendir homenaje a un aspecto de este país que es otro don entrañablemente humanista: el verde. Todas las autopistas están flanqueadas de árboles, de bosques de troncos jóvenes, plantados por millares en las últimas décadas. No sólo reconstruyeron edificios, a menudo piedra por piedra, sino que plantaron y cultivaron pertinazmente: las ciudades sorprenden por sus parques, donde hasta se cuidan canteros de yuyos y flores silvestres. Es imposible no respirar aquí con gratitud, en nombre de los inquilinos de este maltrecho planeta.

Clarín, 21 de octubre de 1993

Tilinguería
y almas en pena

INUNDACIÓN DE TILINGUERÍA en inglés: *we're closed, sale, out for lunch,* dicen los cartelitos en las boticas de barrio. Inauguramos un *Design Center.* Festejamos el *Mother's Day,* y la publicidad oral y escrita incluye necedades incomprensibles, ya que escasea la gente dispuesta a dominar la lengua del invasor tanto como a utilizar correctamente la propia. *Just do it!*

El ex secretario de Cultura, compasivo con el idioma tanto como su homónimo de Asís con los pajaritos, quiso desfacer el entuerto y así le fue. Quizá no le dieron tiempo de revisar además el lavado o implante de memoria que nos inunda a diario: a duras penas retenemos un aniversario, ni siquiera el nombre, de algunos protagonistas propios o *hispanos.* Pero los medios jamás nos permitirán olvidar las sagradas muertes de Marylin, James Dean o John Lennon, tanto como nos está vedado ignorar la última travesura de Madonna.

En un reportaje en Nueva York, Axel Rose comentó sorprendido que su hotel porteño estaba rodeado de chicas cuyas remeras ostentaban la recatada inscripción *Fuck me.* También dijo que el estadio entero cantaba sus canciones pero que luego le era imposible intercambiar ni un saludo en inglés. Además acotó que en ningún país habían ganado tanto dinero, pero ése es otro tema. ¿Será otro tema? Cursilería lingüística, borratina mental propia de cierta *obediencia debida,* fascinación anglófila, presión de macroemporios importadores sobre bolsillos que también dice en *fuck me,* todo es posible en la aldea global. La humanidad siempre se compuso de multitudes migratorias: costumbres, leyendas, cantos, expresiones verbales han ido mudándose hasta perderles el rastro de origen. Comentar la tilinguería y su adopción de extravagancias diversas no implica condenarla, así como el entomólogo no abre juicio moral sobre los insectos.

Hay una fiesta extraña de reciente ingreso en estas tierras, pero que parece afianzarse y pasar a bastante velocidad de la clase pudiente a la mayoría nacional y popular. Es la celebración de *Halloween,* o *Noche de las Brujas.* Al parecer, empezó en las escuelas privadas bilingües y ahora se extiende a través de esa benemérita institución llamada *shopping* y se expande por las discotecas y otros ámbitos faranduleros. Como no creo demasiado en el azar cuando se adopta una costumbre foránea, recurro a mi amigo el venerable Félix Coluccio, experto en brujas, duendes y supercherías.

El de las brujas no es problema nuestro —dice el experto— sí de las provincias del norte. Al parecer las brujas son dadas a ese punto cardinal, porque no las hay en los estados sureños de Norteamérica y abundaron o abundan también al Norte de Gran Bretaña. Pero las estamos importando, porque yo vengo del Perú, y en el aeropuerto de Lima, empleadas y azafatas estaban disfrazadas y nos obsequiaban con un extraño carnaval, vestidas de negro, con caretas y gorros cónicos.

Halloween (all Hallow's Eve, o Evening) se celebra el 31 de octubre, víspera del Día de Todos Los Santos. Esta fecha era también la víspera del Año Nuevo en los calendarios célticos o anglosajones; se encendían fogatas en la cumbre de las montañas para ahuyentar a los malos espíritus, un rito de purificación. Se suponía que las almas de los muertos visitaban sus casas ese día, y el festival de otoño adquiría un sentido siniestro, con fantasmas, duendes, brujas, gatos negros y demonios que andaban merodeando. *Halloween* era la época más favorable para las adivinaciones concernientes a casamientos, suerte, salud y muerte. Era el único día del año en que para tales fines se pedía la ayuda de Mandinga. La fiesta pagana se mezcló con la celebración cristiana del Día de Todos los Santos. Inmigrantes a América del Norte, especialmente los irlandeses, introdujeron la remota tradición, a fines del siglo XIX. El símbolo de *Halloween* es el *Jack O'Lantern* (Juan de la Linterna), apodo derivado posiblemente del de algún guardia nocturno. Es una calabaza ahuecada y cavada para que parezca una cara de demonio, con una luz encendida en el interior. Con el transcurrir de los siglos, *Halloween* se transformó en una fiesta infantil en que los niños disfrazados pedían caramelos de casa en casa.

Este juego es actualmente una orgía de mascaritas de toda edad, que desfilan acarreando monstruos de papel, y la policía aconseja trabar las puertas, ya que los vecinos corren el riesgo de ser despojados de algo más que golosinas. La industria de caretas y capas y fantasmas inflables empieza a proliferar en todo el mundo. En algunas solitarias rutas del Canadá se conserva una fabricación doméstica de muñecos de trapo que custodian los porches de las casas.

Cuenta Sir Robert Frazer en *La rama dorada:* "No sólo entre los celtas, sino en toda Europa, en la noche previa al Día de Todos los Santos se suponía que las almas de los difuntos volvían a sus hogares para calentarse junto al fogón y disfrutar de la buena acogida que les reservaban en la cocina. Parecía natural que, al acercarse el invierno, los espíritus ateridos y hambrientos abandonasen los campos desnudos y las peladas arboledas buscando el abrigo de su cabaña y el fuego familiar. ¿No vuelven acaso los rebaños de sus pasturas para ser alimentados en los establos? ¿Podrían el hombre honrado y la mujer buena negar a los espíritus de sus muertos la bienvenida que dan a las vacas?".

Esta *Fiesta de las Brujas* se celebra pegada al Día de los Fieles

Difuntos, cuya conmemoración vamos desterrando (por algo será) pero que aún es muy respetada en provincias de la Argentina y de otros países de América. Según el profesor Coluccio, ambas tradiciones, aunque anexas en el calendario, son independientes, es decir, que las brujas nada tienen que ver con los muertos.

Pero el significado ancestral de esta fiesta de *brujas* nos lleva por una pendiente sospechosa. Las ánimas o almas en pena pertenecen a seres que no fueron sepultados con reverencia y aparecen —a veces en forma de brujas— protestando porque no descansan en paz. Esta es una creencia vieja como el mundo y así lo atestiguan el folklore y la literatura: todo está dicho en *Pedro Páramo,* de Juan Rulfo. Es conocida la cultura mexicana de la muerte, sus ritos y representaciones, una tradición que sólo podemos considerar con respeto. El entierro, las pompas funerales fueron los primeros gestos de civilización en todos los pueblos. Por eso sorprende que, desde una Corporación Psicológica estadounidense nos inviten a escribir textos destinados a un manual de castellano, enjaretándonos una página de temas prohibidos, entre los que figuran: Brujería, Hechicería o Paganismo, Religión... y Día de los Muertos. Los niños chicanos deberán ir olvidándose de sus muertitos y sus calaveras. Y nosotros estaremos invocando sin saberlo a nuestros finados, transfigurados gracias a *Halloween,* en festivos espectros que jamás nos pasarán la factura.

Quizá la adopción de *Halloween* resulte una manera frívola de conjurar a *desaparecidos,* de espantar el espanto, de entrar disfrazados de brujos en el primer mundo de la desmemoria, donde con inocente satanismo seguiremos siendo *derechos y humanos.* Así lo insinúa la explicación de *Halloween* dada a los chicos de una escuela porteña: "Los fantasmas de personas que murieron horriblemente a menudo vuelven para molestar. Quizá buscan vengarse, o sólo están demasiado indignadas como para descansar en paz. Estamos rodeados de fantasmas de *reyes* y, desgraciadamente, muchos fueron víctimas de crímenes y traiciones. ¡No es de extrañar que estén tan inquietos!".

Naturalmente, esto sólo sucede en las familias reales británicas, que siempre se destacaron por el escandalete. Los niños que estudian inglés lo celebran ruidosamente, disfrazándose y dando rienda suelta a la siempre recurrente afición por lo espeluznante. Los grandes les roban la fiesta. Por algo será.

Clarín, 31 de octubre de 1994

La pena de muerte

FUI LAPIDADA POR ADÚLTERA. Mi esposo, que tenía manceba en casa y fuera de ella, arrojó la primera piedra, autorizado por los doctores de la ley y a la vista de mis hijos.

Me arrojaron a los leones por profesar una religión diferente a la del Estado.

Fui condenada a la hoguera, culpable de tener tratos con el demonio encarnado en mi pobre cuzco negro, y por ser portadora de un lunar en la espalda, estigma demoníaco.

Fui descuartizado por rebelarme contra la autoridad colonial.

Fui condenado a la horca por encabezar una rebelión de siervos hambrientos. Mi señor era el brazo de la Justicia.

Fui quemado vivo por sostener teorías heréticas, merced a un contubernio católico-protestante.

Fui enviada a la guillotina porque mis camaradas revolucionarios consideraron aberrante que propusiera incluir los Derechos de la Mujer entre los Derechos del Hombre.

Me fusilaron en medio de la pampa, a causa de una interna de unitarios.

Me fusilaron encinta, junto con mi amante sacerdote, a causa de una interna de federales.

Me suicidaron por escribir poesía burguesa y decadente.

Fui enviado a la silla eléctrica a los veinte años de mi edad, sin tiempo de arrepentirme o convertirme en un hombre de bien, como suele decirse de los embriones en el claustro materno.

Me arrearon a la cámara de gas por pertenecer a un pueblo distinto al de los verdugos.

Me condenaron de facto por imprimir libelos subversivos, arrojándome semivivo a una fosa común.

A lo largo de la historia, hombres doctos o brutales supieron con certeza qué delito merecía la pena capital. Siempre supieron que yo, no otro, era culpable. Jamás dudaron de que el castigo era ejemplar. Cada vez que se alude a este escarmiento la Humanidad retrocede en cuatro patas.

Clarín, 12 de setiembre de 1991

Indice

Los años de plomo

Apuntes juveniles

Según pasan las décadas

Puntadas y nudos en democracia

Esta edición
se terminó de imprimir en
Talleres Gráficos Segunda Edición
Gral. Fructuoso Rivera 1066, Buenos Aires
en el mes de noviembre de 1995.